Double vie

COLLECTION CONQUÊTES
directeur : Robert Soulières
Format poche

Claire Daignault

Double vie

roman

ÉDITIONS PIERRE TISSEYRE
5757, rue Cyplhot — Saint-Laurent, H4S 1X4

La publication de cet ouvrage a été rendue possible grâce aux subventions du Conseil des Arts du Canada et du ministère des Affaires culturelles du Québec.

Dépôt légal: 2e trimestre 1993
Bibliothèque nationale du Canada
Bibliothèque nationale du Québec

Données de catalogage avant publication (Canada)

Daignault, Claire

Double vie

(Collection Conquêtes; 34)
Pour les jeunes

ISBN 2-89051-514-1

I. Titre. II. Collection.

PS8557.A445D68 1993   jC843'.54   C93-096352-0 PS9557.A445D68 1993
PZ23.D34Zo 1993

Maquette de la couverture :
Le Groupe Flexidée

Illustration de la couverture :
Arlette Raymond

123456789IML9876543

Copyright © Ottawa, Canada, 1993
Éditions Pierre Tisseyre
ISBN-2-89051-514-1
10716

À Cécile et tout son orchestre

Du même auteur

Chez le même éditeur:

La ruelle effrayante, roman, Collection
  Papillon, 1990.
Zoé entre deux eaux, roman, Collection
  Conquêtes, 1991.
La vie en roux de Rémi Rioux, roman,
  Collection Conquêtes, 1992.

Chez d'autres éditeurs:

L'amant de Dieu, nouvelles, éditions La
  Presse, 1979.

Le cas Lembour, nouvelles, Maison des
  mots, 1984.

Une course contre la montre, roman-
  jeunesse, éditions Fides, 1989. Prix
  d'excellence, Association des consom-
  mateurs du Québec «Livres 90».

Émilie, la mouche à fruits, conte,
  éditions Michel Quintin, 1990.

*Les adultes sont des enfants
qui ont cessé de grandir.*

Voltaire

1

La grande opération

Ça y est, grand-mère s'est fait remonter le portrait. Fatal!

Depuis le temps qu'elle en parlait avec ma mère, en secret. À quelques occasions, je les avais surprises, débattant la question, entre deux portes.

— T'es sûre que ça vaut la peine... soupirait ma mère.

— Dis tout de suite que je suis un cas désespéré! s'indignait grand-mère.

— C'est pas ce que je veux dire, mais c'est risqué et ça coûte tellement cher.

— C'est pas un bon investissement, hein? comme dirait ton mari. En tout cas, si ça me refait pas une beauté, ça va me refaire un moral. Je le fais pour moi, pour être bien dans ma peau. J'ai le droit, je suppose!

— Bien sûr... capitulait ma mère.

La scène avait comporté plusieurs volets car, dans le fond, grand-mère n'était pas si convaincue que ça du bien-fondé de son projet. Allait-elle se retrouver avec des séquelles? Regard de siamois sournois, ailes de nez en auvent, tempes raccommodées, sourire à la «Joker», cou de lama? La regarderait-on comme une toile de Picasso? Elle méditait sur des découpures de journaux relatant des procès intentés à des chirurgiens incompétents, par des personnes dépossédées de leur personnalité.

Bref, elle hésitait, tâtonnait, attisant la provocation pour se stimuler, suscitant les arguments pour mieux les contrecarrer. C'était sa façon de se faire une idée, d'exorciser sa peur. Défier l'adversité. Tout un caractère, celui de ma grand-mère! Il paraît que je lui ressemble. Courageuse, énergique, tenace et volontaire!

Un seul hic: grand-mère croit avoir une mission dans la vie: celle de me cultiver. Et je vous jure qu'elle y met autant d'ardeur que pour ses bégonias! Une fois par mois, elle me traîne dans les musées d'art ou les salles de concert en vue de développer mon «goût du beau». Pour mieux faire passer la pilule, elle m'amène d'abord au restaurant. Munies du petit guide du casse-croûte de Montréal, on fait la tournée des endroits où frites et hamburgers sont à leur meilleur. On termine habituellement dans un bar-laitier de la rue Sainte-Catherine où, tout en dégustant un dessert glacé couronné de crème fouettée, on reluque béatement les passants par la vitrine. Ce qui a son charme.

Actuellement, ça fait deux mois que je n'ai pas vu grand-mère. Après son opération, elle s'est barricadée chez elle, le temps que son visage désenfle. Apparemment qu'au début, c'est pas joli joli comme façade: un mélange de citrouille ventrue et de fraise gâtée. La couverture du magazine-beauté, c'est pas pour tout de suite!

Même si l'absence de grand-mère m'a accordé un répit «culturel» pendant les vacances, j'ai hâte de la voir. Je commençais à m'ennuyer. Mais je ne perds rien pour attendre, car elle nous a acheté un abonnement d'automne pour une série de concerts à la Place des Arts. En même temps que les classes commencent. Belle coïncidence!

Grand-mère ignore que je suis au courant de sa métamorphose esthétique. À la fin de juin, précisément quand elle m'a remis mon abonnement-cadeau, elle m'a assuré qu'elle partait en voyage pour l'été avec une amie dans les Maritimes.

Je n'ai plus cinq ans pour me faire conter des pipes grosses comme des cheminées de Noël. Et puis, il n'y a pas trois téléphones dans la maison pour rien. J'ai intercepté deux conversations que Marie-Cécile (autant vous le dire immédiatement: c'est comme ça que grand-mère veut qu'on l'appelle) tenait avec ma mère pour lui donner des nouvelles de sa convalescence. C'était à demi-mot, mais j'ai su tirer mes conclusions.

Grand-mère a caché son opération à un certain nombre de personnes pour voir leur tête ahurie quand ils verraient la sienne embellie. Mon père et moi, on est de ceux qui vont servir au «test». J'espère que je vais la reconnaître! À moins qu'il n'y ait pas grand changement. À tout événement, je crois que je suis mieux de la trouver «améliorée». D'ailleurs, je me prépare à m'extasier; mais je n'ai pas mis mon père dans le coup. Je suis curieuse de voir sa réaction, lui qui ne remarque jamais rien. Pourtant, il travaille dans la publicité et devrait avoir l'œil. Mais non, aucun sens de l'observation pour les

12

binettes, seulement pour les produits de consommation. Mystère!

Donc Marie-Cécile revient de son exil. En ce beau matin de fin août, juste après le dîner, elle s'annonce par téléphone. Je suis aux oiseaux. Je fais même l'innocente en souhaitant qu'elle m'ait rapporté un souvenir des Îles. Mon père, lui, achève son café en marmonnant «comme quoi l'été a donc ben passé vite…» Ma mère le regarde de travers et c'est juste à ce moment-là qu'on entend DING-DONG à la porte avant.

Marie-Cécile est en ville!

2

Comment sauver
la face...

Vous verriez ma mère se ruer dans le corridor du vestibule! On dirait un enfant le soir de l'Halloween. Elle SAIT, aussi veut-elle être la première à contempler la bobine de l'arrivante. Elle ouvre fébrilement.

Silence.

— Ben quoi Hélène, as-tu l'intention de me laisser moisir sur le paillasson? déclare Marie-Cécile d'un ton enjoué.

Petit rire de ma mère. Marie-Cécile doit lui taper un clin d'œil.

Elle entre. Je m'avance.

— Mamie! que je m'exclame en bienvenue, les bras tendus.

J'avise alors un grand chapeau en soucoupe volante, avec dessous le bon sourire de grand-mère, mais au-dessus de ce sourire, un regard tout à fait inconnu.

Si je m'attendais! Marie-Cécile qui a toujours eu les yeux noisette comme moi, les a maintenant bleus. La chirurgie esthétique, ça ne va pas jusque-là quand même! Son regard me fige, surtout qu'il n'est pas entouré d'autant de pattes d'oie que d'habitude.

— Ma foi, Geneviève, tu ne me reconnais pas?! se moque grand-mère.

— Tes yeux. . . que je bredouille.

Elle s'esclaffe.

— Des verres de contact, ma belle, des verres de contact teintés. Rien d'autre.

— Ah! bon...

J'en oublie les compliments que j'avais préparés. Vite, je me reprends:

— C'est drôle, t'as l'air plus jeune, Marie-Cécile.

En plein dans le mille. Grand-mère rayonne. Elle se rengorge et me sourit tendrement.

— Tu trouves?

Tu parles! je ne serais pas son héritière, j'aurais des doutes sur mon honnêteté! Mais dans le fond, je ne suis pas si hypocrite que ça, car c'est vrai, je trouve meilleure mine à Marie-Cécile. L'opération est un succès. Il faut dire que grand-mère n'a pas lésiné sur les effets. Elle est chic, maquillée, avec ses «nouveaux» yeux qui pétillent comme si elle venait de fêter sa nouvelle tête au champagne.

Mon père se pointe, prenant le relais pour embrasser sa belle-maman.

— Ah! Marie-Cécile, et ces vacances? Vous m'avez l'air un peu fatiguée, mais les voyages ne sont pas toujours reposants, hein? Dans quelques jours, vous aurez récupéré, qu'il présage aimablement.

Marie-Cécile le vise à travers ses lentilles comme à travers la mire d'une carabine. Ses commissures tombent, son fond de teint verdit, son front se plisse, ses paupières s'emballent comme de vieux stores.

Avec le sentiment du devoir accompli, mon père se retire.

— Vous m'excuserez, un projet urgent. Un publicitaire, ça travaille toujours pour hier!

Et il s'éclipse en direction de son bureau.

Il n'a même pas remarqué les «nouveaux» yeux bleus de grand-mère. Du reste, elle aurait été cyclope, il n'aurait probablement pas cillé.

— Heu! tu connais André, bégaie ma mère. Les détails, il ne voit pas ça. Un grand distrait. C'est pareil pour mes robes...

— Évidemment, ton mari n'est pas une référence, approuve Marie-Cécile en époussetant une de ses manches pour se donner une contenance.

Ma mère renchérit, me prenant à témoin:

— Geneviève, elle, t'a tout de suite trouvée différente. Pas vrai, Geneviève?

— Moui...

— Différente, comment? insiste grand-mère en me dévisageant.

Finies les finasseries, elle veut savoir la vérité, toute la vérité, dites je le jure.

Je veux bien jouer le jeu.

— On dirait que t'as rajeuni de dix ans, grand'mam. T'as plongé dans une fontaine de Jouvence?

Je m'abstiens d'ajouter «comme Obélix dans la marmite de potion magique», vu que Marie-Cécile a la phobie d'être grosse.

— À moins que tu ne sois tombée en amour, que je poursuis avec malice.

Marie-Cécile me regarde, ravie.

— C'est avec moi que je suis tombée en amour, ma chouette!

18

Et elle me dit avoir soumis son visage à un léger traitement, question de se faire plaisir.

Je l'approuve, mais j'affirme que, de toute façon, moi, je la trouvais déjà super comme grand-mère, mieux que toutes celles de mes amies. Maintenant, c'est bien simple, tout le monde va penser qu'elle est ma mère.

Là, ma maman trouve que j'exagère, mais n'osant altérer la félicité de Marie-Cécile, elle poursuit sur ma lancée, plus modérée:

— T'as l'air plus reposée.

— T'as l'air de quelqu'un qui fait de la méditation à cœur de jour, que je renforce.

Les compliments, c'est pas de l'onguent.

Sourire comblé de grand-mère. Elle admire ses traits retouchés dans la glace de l'entrée, en discourant.

— J'ai la même impression. C'est ce qui m'a donné l'idée des verres de contact bleus pour accentuer l'adoucissement, et pour voir la réaction des gens. Les gens normaux, s'entend! qu'elle râle.

Je repasse la pommade:

— En tout cas, tu m'en mets plein la vue!

Caresse affectueuse.

— T'as toujours été vive, ma Geneviève, observatrice aussi. Les tableaux que je

t'amène voir dans les galeries t'ont habituée
à ça. Bon, à présent, vous allez m'excuser,
mais j'en ai d'autres à surprendre!

«Bye!» qu'elle jette ingénument.

Et notre oiseau du paradis s'envole!

3

Comment pondre
de la pub

— **P**lus téteuse… jaspine ma mère en
me toisant.

— Plus cachottière… que je riposte. Tu
m'avais pas dit que Marie-Cécile se faisait
opérer, mais je l'ai deviné! J'en ai peut-être
mis pas mal tout à l'heure, mais c'est vrai
que grand'mam a l'air mieux.

— L'opération a réussi, admet ma mère.
Elle peut être fière de son coup.

«Tu devrais aller déteindre un peu sur ton père, Miss Perspicace!», qu'elle plaisante à moitié en me pinçant une fesse.

Je ne me le fais pas dire deux fois et je me rabats sur le refuge sacré de mon père, au tournant de l'escalier du sous-sol. C'est une petite pièce encombrée d'un bureau massif, d'un classeur cabossé, de rayonnages désordonnés, d'un fauteuil profond et d'un pouf rond. Sur le bureau, entre les graffiti: un micro-ordinateur, une lampe basse, un rubik-cube et un porte-crayons hérissé. Posters gondolés, jeu de fléchettes et bâtons de golf complètent ce sanctuaire du génie à l'œuvre.

Mon père possède un autre bureau dans une agence, mais il dispose aussi de ce coin-incubateur pour accoucher de ses merveilleuses idées. Un coin où il n'aime pas beaucoup être dérangé, mais où, moi, j'ai mes entrées. De toute façon, il n'a pas à s'en plaindre, vu que je l'inspire. La première chose que je sais, il utilise une de mes idées pour un nouveau concept. Naturellement, à l'agence, c'est lui qui passe pour le bolé et c'est lui qui touche le cachet. Hé!

J'entre donc dans le repaire de mon père et je le trouve penché sur un cadre vide. Notez, je l'ai déjà trouvé tour à tour en tête à tête avec un coton-tige, un sachet de thé, une frite-minceur, un vaporisateur nasal, un pot de margarine et une saucisse congelée. Plus rien ne m'étonne. Tout ce qui se vend a besoin d'être moussé, du cure-dent à la limousine, de l'insignifiant à l'affriolant, du miteux au luxueux. Presser le produit comme un citron, en extraire ses qualités et ses défauts pour l'exploiter. C'est ça la publicité. Séduire, surprendre, amuser. Bref, le secret, c'est d'imaginer. Et moi, côté imagination, ôtez-vous de là!

Le cadre sur lequel mon père s'escrime est une vieille moulure tarabiscotée.

— Pas très moderne! que je laisse tomber.

Mon père lève la tête et Spaghetti, notre chien barbet, entrouvre un œil. Avec sa tonne de poils, il passe son temps au frais dans le sous-sol, précisément dans le bureau de mon père. Ça le divertit sûrement de voir celui-ci se creuser la cervelle pendant des heures pour trouver quelque chose d'intelligent à dire sur des suppositoires à la glycérine ou des couches jetables. Il doit rire sous cape, d'autant qu'avec la vadrouille qu'il a sur le museau, ça passe inaperçu.

Tout en tripotant la moulure vermoulue, mon père explique:

— C'est à un antiquaire. Il vient de déménager dans le Vieux-Port, près du marché aux puces. Par les temps qui courent, les gens aiment bien aller aux puces. En transférant ses pénates à proximité, mon client se dit qu'il fera de bonnes affaires. Il ne lui manque que sa raison sociale; le nom de sa boutique, si tu veux. Évidemment, je travaille là-dessus.

Vieux-Port, marché aux puces, antiquités... Il me vient un flash.

— Pourquoi il l'appelle pas «La Licorne d'Or», sa boutique? Dans la vitrine, il pourrait installer le portrait de Rackam le Rouge, sous un spot.

Mon père devient perplexe. La série de Tintin lui défile dans le ciboulot comme à une séance de diapos. Il en a toujours raffolé. Dans sa bibliothèque, il possède toute la collection. Son visionnement dure quelques secondes. Ensuite il me jauge. Je ne sais pas si c'est pour me féliciter ou pour me reprocher de lui avoir coupé l'herbe sous les pieds.

— Pas bête, qu'il jongle, pas bête.

Faut pas charrier, c'est lui qui a obtenu une maîtrise en publicité. Il ne va pas accepter mon idée d'emblée, sans faire mine d'abord de l'analyser.

— Oui, oui, oui, ça a du sens, qu'il marmotte en se massant la tonsure.

Spaghetti en bâille à pleine gueule.

— Faut voir... poursuit mon père en ménageant ses effets. Plutôt cliché, mais évocateur, qu'il estime.

24

Il se lève enfin, et là, il craque:

— Je crois que c'est valable. On va se rendre sur place pour en juger. Tu viens?!

— Avoue que je suis géniale, que je balance à Spaghetti avant de sortir.

Mais je n'ai pas l'air de l'impressionner. L'histoire du marché aux puces a réveillé quelques-unes de ses pensionnaires et il se gratte l'entre-patte, l'air concentré.

Tel maître, tel chien! pas vrai?

4

C'est aux puces
que tout commence

J'aime bien les marchés aux puces, surtout celui du Vieux-Port. Ses allées sont larges et on peut y circuler sans trop se faire tamponner. J'adore les comptoirs de bijoux. Ils offrent toutes sortes de pierres, plus belles les unes que les autres, avec toutes sortes de propriétés mystérieuses. Le quartz, la pierre la plus puissante, est ma préférée. J'en ai une au cou, au bout d'une chaînette d'argent. De temps en temps, je la frotte comme une lampe d'Aladin, espérant qu'elle va m'apporter la chance.

Chaque fois que je vais voir un film au cinéma Imax à côté du marché aux puces, j'en profite pour acheter une nouvelle pierre. Aujourd'hui, je ne vais pas rater l'occasion. Mon père pourrait même me l'offrir, vu que je l'ai encore inspiré.

Je viens de le laisser en grande conversation avec M. Boulianne, le proprio de la boutique antique, et j'oblique en direction des puces.

À l'entrée s'amène un type qui se marie assez bien avec le décor, vu que c'est un clochard. Chapeau bosselé, veston rapiécé, boutons pendants, pantalon luisant, bas mités, souliers percés. Une réplique de l'ami Sol. Il a même les cernes aux yeux et la barbe de trois jours, sauf que, chez lui, c'est pas du grimage.

D'un étui éraflé, il extrait un violon.

Ah! bon, un musicien que je songe. J'attends qu'il improvise.

On dit qu'un bon musicien peut faire pleurer un violon; eh bien! lui, il peut. Dès les premiers mouvements de son archet, ça vous chatouille en dedans. C'est à fleur de peau, probablement aussi irrésistible que le chant des sirènes d'Ulysse. (Quand on pense que, pour ne pas succomber à la mélodie ensorcelante, il avait dû se faire attacher au mât de son bateau, après avoir bouché à la cire les oreilles de ses matelots. Fichue croisière! Ils devaient avoir l'air fin, toute la gang!)

Donc, doux va-et-vient de l'archet sur les cordes vibrantes. Les gens s'agglutinent, à pas de loup, envoûtés.

C'est à cet instant qu'une épaule frôle la mienne. Elle sert de socle à une tête pas mal du tout, qui se penche sur la mienne (pas mal non plus).

Imaginez des sourcils virils d'Espagnol, des yeux enjôleurs d'Italien, des lèvres sensuelles de Sud-Américain, des cheveux soyeux de Suédois et un sourire éclatant d'Haïtien. Moi, je ne suis pas raciste, surtout quand le gars me souffle à l'oreille et à la Roy Dupuis (évidemment, là il ne faut pas être dur de la feuille) :

— C'est beau, hein!

Déjà que le violon me faisait faiblir, je dois prendre de grandes respirations pour en réchapper.

Le musicien achève son morceau. Le temps finit de suspendre son vol. Le gros sablier refait ses pointillés. Les gens s'ébrouent et se rhabillent l'âme discrètement. Des dollars voltigent dans l'étui malmené du violoniste. Ce dernier a un sourire un peu triste, découvrant une canine cassée.

Mon voisin se présente.

— Je m'appelle Frédéric Jobin. Je dois admettre que je suis incapable de jouer du piano aussi bien que ce type peut jouer du violon!

Frédéric Jobin. Encore un avec des parents mélomanes et mégalomanes! Tu penses bien que je saisis l'allusion. Le nom de Frédéric Chopin, le célèbre pianiste polonais, m'est revenu d'un trait.

— Chopin, c'est un de mes compositeurs préférés! que je m'exclame en bénissant grand-mère et ses fameux concerts.

— Tu aimes la musique classique? demande le beau Freddie.

— Assez, que je réponds sans trop me mouiller.

— Moi, je préfère le rock. C'est mes parents qui capotent sur le classique. Dès que j'ai été assez haut pour le clavier du piano, ils m'ont fait suivre des cours. J'ai appris mes gammes avant mes mots!

Vous voyez, on n'est jamais trop prudent en affichant ses goûts. Je l'appuie en rechignant:

— Moi, c'est ma grand-mère qui est une mordue des grands arts et des grands airs!

— La famille, hein... fait Frédéric en fataliste.

— Ris pas, le tourisme, j'en ai ras le bol des fois, me confie Frédéric. Par contre, j'aime bien me promener dans les petites rues bordées de vieux édifices. En fermant les yeux et en écoutant les sabots sur le pavé raboteux, j'ai l'impression de vivre à une autre époque: celle des réverbères, des chapeaux haut-de-forme, des cannes à pommeau; celle de Sherlock Holmes, surtout quand le port est brumeux.

— Brrrrrr! celle de Jack l'Éventreur! Moi, j'aurais peur de circuler ici, le soir.

— Quand c'est ton quartier, tu t'habitues.

— C'est peut-être pour te mettre dans l'ambiance des compositeurs célèbres que tes parents se sont installés ici. Le coin est assez historique.

— Tu parles, je demeure à deux pas de l'ancienne maison de Georges-Étienne Cartier. Toi, tu restes où?

— Dans l'Est, un secteur où, contrairement à ici, l'architecture est plus moderne. Même qu'entre les rideaux de ma chambre, il y a le mât du stade olympique qui me fait tata.

— Avec une main pleine de pouces! qu'il pouffe.

Bon! je veux bien rire, mais il ne faudrait pas oublier d'aborder les choses sérieuses: Freddie doit s'informer de mon numéro de

On réalise alors qu'on est seuls à présent sur le perron du marché aux puces. La foule s'est dispersée, le musicien s'en est allé. Sur la promenade, des couples et des enfants défilent en riant sur des tandems. Des goélands piaillent au-dessus des pelouses.

— Je m'appelle Geneviève.

— On marche le long du quai? qu'il me demande.

— D'accord, mais pas longtemps. Mon père m'attend chez le marchand de cadres, à côté.

— Tu viens souvent ici?

— À chaque nouveau film à l'affiche au super écran Imax.

— Moi, j'habite tout près avec mes parents dans un condo sur la rue de la Commune.

Il me désigne la rue en bordure.

— Hein! je pensais pas que du monde pouvait rester là. Ça doit faire drôle. Tu dois en voir passer des calèches dans un été.

— Mets-en!

— Une chance qu'elles sont équipées de sac à crottin!

Il m'expédie un sourire en coin avec prime, une fossette sur la joue droite triste.

téléphone avant que mon père ne rapplique de chez l'antiquaire.

— Je pourrais te faire visiter le Vieux-Montréal une autre fois, si tu veux. Plus haut, il y a des peintres qui font des caricatures dehors. C'est amusant.

— Bonne idée.

— Je vais prendre ton numéro de téléphone sur ce carton d'allumettes.

Il se penche pour ramasser une pochette providentielle abandonnée sur le trottoir et il extrait simultanément un stylo de l'intérieur de son blouson.

Brillant! En plein mon genre.

Je lui dicte religieusement mes petits numéros «gagnants» (mais je sens que j'ai déjà touché le gros lot!). Et puis, voilà, mon père se pointe, la cravate au vent.

Pfiou!

5

Surtout,
restez en ligne!

Même si on a trois téléphones à la maison, ça fait maintenant une semaine que je n'ai pas entendu la sonnerie tant attendue: ma sonate de Chopin! Le beau Frédéric ne se signale pas! Il faut dire que l'école vient de commencer et que ça accapare un brin beaucoup.

Tout de même, Stéphane Chagnon, lui, a déjà trouvé le moyen de m'appeler quatre fois. C'est ma personne-ressource, côté maths. Un ordinateur, le gars. Il n'y a qu'avec moi qu'il calcule mal son affaire. Il voudrait que tous les deux, on fasse un. Moi, je préfère garder un chiffre pair en ce qui nous concerne. Mais comme il est tenace, il continue de tenter toutes sortes d'équations. Plus fort que lui. Il cherche la combinaison chanceuse. Si j'étais lui, la loi des probabilités, je ne m'y fierais pas trop. D'ici à ce que je lui caresse sa bosse des mathématiques, les poules auront trente-deux dents bien comptées!

DRIIIIIIIIING!

Mon cœur bondit; on est aujourd'hui samedi, le jour J peut-être? C'est mon père qui décroche.

— Pour toi, Geneviève!

Pourvu que ce soit LUI!

Pleine d'espoir, je susurre:

— Allôoo…

— Bonjour, Geneviève! T'oublie pas que demain après-midi, c'est notre premier concert de la saison. Je passerai te prendre à midi. On ira manger au «Montreal Pool Room». C'est tout près de la Place des Arts et il paraît qu'ils ont les meilleurs chiens-chauds de la ville. Ça te va?

— Super, grand'mam, super.

— Bon, à demain, ma grande!

CLIC!

Un clic qui équivaut à une claque!

Tout de même, je ne vais pas en faire une diarrhée verte, hein? Il appellera quand il appellera, le faux Chopin. Pas le seul gars sur terre! Pour tout dire, il ne m'a pas l'air très vite sur ses patins, le pianiste du dimanche (je l'ai rencontré un dimanche, pas pour rien, non?). Il peut bien rester dans le «Vieux», le croque-note. Son tempo, c'est le rétro. Ça joue les artistes pour se donner un genre. Avec un nom de caricature! Faut pas être complexé. Il devrait changer son identité civile, au lieu de draguer dans le port. Jobin pour Jobard. Il doit croire qu'il m'a eue avec sa sérénade-salade après le morceau de violon-dingue. Le con!

DRIIIIIIIIING!

Je désamorce le téléphone comme un Palestinien dégoupille une grenade en Israël (vous n'avez qu'à suivre les actualités!).

— O U A I S ! que je vocifère en lettres hachées.

— Heu… Je peux parler à Geneviève, s'il vous plaît?

Une comédie de boulevard. Voilà ma vie. Je n'ai qu'à contacter M. Gilles Latulippe pour auditionner à son Théâtre des Variétés. La Poune II. Je ferai tailler mes cheveux en balai, c'est tout.

Évidemment, j'ai reconnu la voix chaude de mon beau pianiste aux doigts effilés et sûrement pleins de doigté!

J'en ai des frissons sur la chair de poule en même temps que des grumeaux sur les cordes vocales.

Quoi dire? Comment me dépêtrer? Pas facile de passer du grave à l'aigu. Je ne suis pas douée pour l'opéra. Alors je garde le même ton en tonnant:

— M I N U T E !

Puis je pose le combiné, compte jusqu'à dix et le reprends en velouté:

— Ououi…

— Heu… Geneviève?

— Ououi…

— Frédéric Jobin.

— Ah! Frédéric! Ça va bien?

— Je dérange?

— Non, pourquoi?

— Il m'a semblé…

— Tu veux sans doute parler de ma mère. C'est elle qui a répondu. Elle t'a peut-être paru un peu enragée, elle venait de s'échapper le fer à repasser sur le pied.

— Un peu? J'ai cru qu'elle allait me manger!

— Jamais entre les repas.

On rit, puis Frédéric entre dans le vif du sujet.

— Je me demandais si t'étais toujours intéressée à visiter le «Vieux». Demain après-midi, ça te dirait?

Et re-tuile! Pas besoin de feuilleter mon carnet de bal longtemps pour me souvenir que Marie-Cécile a réservé la première danse.

— J'aurais aimé ça, mais demain, je dois assister à un concert avec ma grand-mère à la Place des Arts. Je t'ai dit qu'elle aimait la musique. J'ai un abonnement de saison avec elle. Le premier récital est demain. MAIS JE SUIS LIBRE AUJOURD'HUI! que je précise pour sauver les meubles.

— Aujourd'hui, c'est moi qui peux pas. Je m'en vais à un match des Expos avec mon père. Ça fait deux semaines qu'il a acheté les billets. Pas moyen de le décevoir.

— Est-ce que c'est ça avoir des «problèmes familiaux»? Faudrait peut-être qu'on en parle au «psy» de l'école. Qu'est-ce que t'en penses?

On rigole encore (entre nous, ça vaut mieux que de se péter la tête sur les murs).

— Pas de panique, on se verra la semaine prochaine, résout Frédéric. Je te téléphonerai au courant de la semaine. À moins que ce ne soit toi qui m'appelles, cette fois. Tiens, je vais te donner mes «mensurations», mais je t'avertis, elles sont moins sexy que les tiennes!

39

Je note son numéro sur le calepin d'appoint à côté de l'appareil. Machinalement, j'y ai déjà fait des tas de gribouillages farcis de petits cœurs. Assez révélatrices mes abstractions!

Je dis au revoir à mon beau Freddie et je raccroche toute contente d'être fière.

Merci, Monsieur Bell!

6

Hors-d'œuvre
et chef-d'œuvre

Marie-Cécile s'est mise sur son trente-six. Tailleur ajusté, bas de soie, talons aiguilles, foulard Dior, sac en lamé. Depuis qu'elle a fait peau neuve, elle a aussi renouvelé sa garde-robe. Mais croyez-moi, elle détonne un brin au «Montreal Pool Room» de la rue Saint-Laurent.

L'endroit, si vous ne le connaissez pas, est tout ce qu'il y a de plus ordinaire. Il a peut-être la réputation d'offrir le meilleur hot-dog en ville mais, pour ce qui est du décor, ça ne casse rien. Pièce jaunie, friteuse graisseuse, parquet usé, vapeur flottante. Et puis, pas moyen de s'asseoir autrement que sur des tabourets en face des caisses empilées ou des miroirs ternis.

Grand-mère est vaguement décontenancée, mais elle garde un port royal, jusqu'à ce qu'un travesti, peinturluré jusqu'au nombril, se pointe en réclamant une poutine. Il est suivi d'un robineux qui crache sur les tuiles grises en réclamant une guédille.

Grand-mère chancelle sur ses perches vernies.

— Achetons quelque chose et mangeons dans l'auto, ici il y a trop de monde, prétexte-t-elle.

Commande éclair. On trotte jusqu'à la voiture. Marie-Cécile s'y engouffre avec soulagement.

— Eh bien, celui-là, c'est pas un quatre fourchettes! qu'elle censure en rayant le nom de l'établissement dans son guide du resto-économique.

Vite classé! Grand-mère ferait une redoutable critique gastronomique. Elle abaisse le panneau de la boîte à gants, y dépose nos portions et on bouffe en examinant la drôle de faune qui déambule dans ce quartier animé de la ville: des punks, des péripatéticiennes (ne pas confondre avec esthéticiennes), des badauds, des originaux, des marginaux, des m'as-tu-vu, des rase-les-murs, des cartes de mode, des chiennes à Jacques, des tas de gens qui se cherchent sur la planète.

Au bout de pas longtemps, grand-mère consulte sa montre-bracelet sertie de diamants.

— Rendons-nous à la Place des Arts.

On remonte deux rues à bord de sa «japonaise» ronronnante et on enfile dans le stationnement intérieur de la PDA.

Une foule se presse dans l'escalier menant à la salle Wilfrid-Pelletier, la plus grande de toutes, avec mezzanine, corbeille, balcon, loges. Ce n'est pas la première fois que Marie-Cécile m'y amène, mais je trouve cet endroit impressionnant. Imaginez comment on doit se sentir en spectacle! Sur scène, quelques musiciens rodent leur instrument dans la cacophonie. Grand-mère et moi, on gagne nos sièges: rangée AA, les deux banquettes pile derrière l'estrade du chef d'orchestre.

— C'est la première fois qu'on est si proches, que je remarque. On va savoir si le chef d'orchestre emploie un bon antisudorifique.

— Tss-tss… pointille grand-mère.

— On a le cou cassé, mais c'est spécial de voir les musiciens d'aussi près.

— J'ai pensé que ça te plairait, assure grand-mère en feuilletant le programme de l'après-midi et en m'informant qu'un violon-soliste du nom d'Édouard Richard faisait la première partie du concert.

Du temps passe. La salle s'emplit. Les musiciens, tous de noir vêtus, arrêtent de tâter leur instrument. Les spectateurs se taisent. Le premier violon, un pingouin sérieux, se lève et fait signe au hautbois de lui accorder la note LA. Il transmet ensuite la mesure à tout l'orchestre et se rassoit. Entre alors le violon-soliste, un type grisonnant en habit lustré, qui se braque devant moi. Courbettes. Applaudissements. Suit le chef, M. Charles Dutoit en personne. Sourire à la Méphisto. Coup d'œil complice au soliste. Salamalecs. Re-clap-clap.

Sans tarder, M. Dutoit nous tournedos, pardon! tourne le dos (je dois avoir une petite faim); il considère ses musiciens, et d'un geste impérieux, il donne le premier coup de braguette, heu, baguette (décidément…).

Ça démarre et c'est du Mozart.

7

Du sport
à la Place des Arts

Moi, depuis le film *Amadeus*, j'aime bien ses tounes à Wolfgang; alors je suis tout ouïe.

Le violon-soliste attaque à coups d'archet fringants. On le sent en parfaite maîtrise. Son violon est un ami.

Sans décrire complètement le morceau, je dirais que toute la gamme des émotions y passe. C'est tour à tour pimpant, insinuant, caressant, émouvant. M. Dutoit gesticule à cœur joie. Ça le comble, une interprétation pareille! Ses bras de maestro lui sortent de son veston en accordéon. Il les agite à la Gilles Vigneault. On dirait qu'il veut agripper un nuage. En passant, vous savez que les chefs d'orchestre vivent plus vieux que la moyenne des hommes? C'est peut-être les vibrations qui les transportent plus loin, au septième ciel!

Quand le morceau s'achève, le public y va de ses acclamations. Vidé comme après une séance d'aérobic, M. Dutoit se tourne, salue, puis applaudit lui aussi le violon-soliste.

Le brillant Édouard Richard s'incline et adresse alors à l'auditoire un sourire radieux découvrant une canine cassée.

Du coup, c'est comme si j'avais la tête prise entre des cymbales qu'on vient de claquer. Je reconnais le clochard du marché aux puces qui jouait si divinement!

Je me lève, la bouche ouverte au max comme pour un traitement de canal. Grand-mère me regarde, hébétée, vu que je suis la première à ovationner pour le moment.

— C'est lui, que je m'étrangle.

— Lui, qui? me presse grand-mère.

— Le clochard du marché aux puces!

Marie-Cécile me tire par la manche, dé-concertée. Son programme et son sac à main tombent alors de ses genoux. Par malheur, cette dernière s'ouvre et son contenu se répand sur le plancher d'avant-scène: un portefeuille, un mouchoir bouchonné, un poudrier fêlé, une image du Frère André, un carnet d'adresses, trois bobépines, une brosse à dentier, un sac de menthes, et... et... une boîte de condoms!

Grand-mère se précipite pour récupérer son intimité. De l'avant-bras, elle rafle les objets aussi vite qu'un croupier ramasse des jetons sur une table de jeu truquée. Elle les enfouit dans sa bourse et se rassoit aussi sec qu'à la chaise musicale. Presque tout de suite, elle frémit en se tapotant un œil et en me cramponnant un bras.

— J'ai perdu une lentille!

Ça se corse! Surtout qu'on commence à se lever pour l'entracte, et qu'un verre de contact, ça prendrait un œil bionique pour le retrouver instantanément.

Que faire? Délimiter notre territoire à grand-mère et à moi, semblable au lieu d'un crime, avec un ruban jaune et des piquets ou avec un tracé à la craie sur le parquet? Comme si on ne se faisait pas déjà assez remarquer!

Marie-Cécile a le regard hagard. Son œil bleu et son œil brun balaient l'environnement en papillotant. On dirait des réflecteurs de prison au moment d'une évasion.

— Pour faire exprès, j'ai pas apporté mes lunettes, gémit-elle.

Avec précaution, je me place devant elle pour couper la circulation et on scrute attentivement. La minuscule lentille peut avoir adhéré à n'importe quoi, autant vouloir repérer un caméléon sur une courtepointe!

Les gens nous lorgnent. Au bout d'une quinzaine de minutes, ça s'aggrave. Les spectateurs, qui étaient allés se dégourdir les jambes ou soulager leur vessie, reviennent immanquablement. Marie-Cécile pousse un soupir de résignation.

— Avec un seul verre de contact, je ne vois pas bien et si je l'enlève, ce sera pire, je ne verrai rien! Vaut mieux partir immédiatement pour éviter la cohue de la sortie.

Et on s'évacue avec un reste de dignité.

On gagne le garage en silence. Après l'embarras de Marie-Cécile, à la suite du déboulement de ses affaires dans la grande salle, je n'ose aborder le sujet des condoms.

En sortant de la PDA, grand-mère clignote, pas seulement avec ses phares mais avec ses yeux! Elle conduit en hibou, un œil fermé, l'autre ouvert. Pendant le trajet, elle se plaint de l'incommodité, mais se félicite d'avoir souscrit à une assurance-lentille.

On avance en louvoyant. Heureusement qu'on ne croise pas une patrouille de police car Marie-Cécile serait arrêtée pour souffler dans l'ivressomètre! Péniblement, on finit par arriver devant chez moi.

— Je peux garder le programme? que je demande après avoir repéré la photo d'Édouard Richard en page centrale.

— Si tu veux. C'est ton musicien qui t'intéresse? Celui que tu penses avoir vu au marché aux puces? Tu sais bien qu'un violoniste de cette réputation n'irait pas se produire dans un endroit pareil! chipote grand-mère.

Là, je l'attendais!

— Ce ne serait pas la première personne à mener une double vie! que je lui balance en même temps que la portière.

Et je me précipite dans la maison pour m'enfermer dans ma chambre.

Assise en tailleur sur mon lit, j'examine alors la photo du violoniste. Sur le coup, sa musique m'avait frappée, mais maintenant le reste me revient comme un rêve qui refait surface. Je reconnais les traits émaciés du clochard, son front haut, ses cheveux peignés à l'artiste, ses yeux tristes, ses joues creuses, ses lèvres minces, son sourire entre paren-thèses. Mélancolo, le musicien! On devine sans mal qu'il ne doit pas avoir la rate dans le même état que celle de Mme Suzanne Lapointe.

En lisant le texte sous la photo, j'apprends qu'il a joué un peu partout à travers le monde, c'est un virtuose.

Pour reprendre les arguments de grand-mère, pourquoi un musicien de cette trempe irait-il jouer dans les rues, déguisé en clochard? À première vue, ce n'est pas plausible. Pourtant la ressemblance est trop frappante pour qu'il s'agisse d'une coïncidence. Je veux bien croire que tout le monde ait un sosie quelque part, mais enfin celui-ci, en plus d'avoir les mêmes traits physiques, jouerait du même instrument de musique et aussi magnifiquement?

«Pousse, mais pousse égal», dirait le Frère Marie-Victorin, fondateur du Jardin botanique de Montréal. Ça fait trop de coïncidences et elles m'intriguent ces coïncidences. C'est aussi un bon prétexte pour contacter Frédéric. Je n'en ai pas vraiment besoin, mais c'est une bonne entrée en matière. Après tout, il est le lien entre nous, ce musicien. On lui doit notre rencontre. Si on a lié conversation, c'est à cause de ce Cupidon qui a troqué son arc et ses flèches pour un violon et un archet de vagabond!

8

Nouvelle apparition

C'est samedi aujourd'hui. La semaine a été longue. Heureusement le fait d'appeler Frédéric l'a raccourcie. On s'est donné rendez-vous à la station de métro Champ-de-Mars. On compte flâner en se regardant sous le nez.

Comme Marie-Cécile, Frédéric s'est montré sceptique quand je lui ai parlé de la double identité du violoniste. J'ai répliqué que j'allais lui montrer la photo; mieux, que demain, on allait l'attendre à la sortie de la

Place des Arts. À la suite de la représentation de l'après-midi, il faudra bien qu'il rentre chez lui. Ce sera la minute de vérité.

Je gagne la bouche de métro la plus près de chez moi, Pie-IX, et je plonge dans le Montréal souterrain. J'ai le cœur léger même à plusieurs mètres sous terre. Je saute dans le premier train et je reste debout en essayant de garder mon équilibre à chaque fois qu'on arrête et qu'on redémarre. Les stations défilent: Joliette, Préfontaine, Frontenac… Encore quelques minutes de zoom-zoom sur rail et on atteint Berri-UQAM, la plaque tournante du réseau. Là, j'effectue un transfert de ligne. Nouvelle rame, bout de tunnel et je débarque à la station Champ-de-Mars.

Je m'oriente vers la sortie du Vieux-Montréal où Frédéric est censé m'attendre, mais voilà qu'au détour d'un corridor, j'entends jouer du violon. Décidément, je n'en sors pas. Si ça continue, je vais entendre du violon sous la douche. Comme les serpents charmés, je me dirige du côté d'où vient la musique: en haut des escaliers roulants.

Je prends pied et ça monte, ça monte. Lorsque mon regard intelligent arrive à la hauteur du palier supérieur, j'avise un attroupement. Le morceau s'achève. Les gens restent un instant accrochés aux notes, puis ils s'éloignent pieusement comme au sortir d'une église.

J'aperçois alors Édouard Richard, en personne et en guenilles. Il se penche pour ranger son violon et récolter les dons jetés dans son étui.

J'en reviens pas! Je n'ai pourtant pas la berlue! Tu parles d'une histoire de fou! Un musicien de renom qui se produit tantôt sur des scènes mondiales, tantôt sur des bords de trottoirs. Bizarre!

En tout cas, le moment est on ne peut plus propice pour prouver mon point à Frédéric. J'ai avec moi le programme où apparaît la photo d'Édouard Richard en tenue de gala. Rien qu'à voir, on voit bien qu'il s'agit du même individu. Ça saute aux yeux.

Je me hâte d'aller chercher Frédéric. En passant les portes, je l'avise qui franchit en synchro celles d'un autobus.

Il est super dans son blouson de cuir râpé. Je me rue vers lui. Il me voit, sourit, paraît un peu surpris de mon empressement (je bouscule une dame qui jongle avec ses paquets et un monsieur qui actionne son briquet). Il doit se dire qu'il est tombé sur une passionnée; il ouvre déjà les bras pour une embrassade fougueuse de vidéoclip, mais moi, je lui déboule dessus façon sanglier, lui empoignant un biceps, en grognant:

— Vite, sinon on va le manquer!

Ça le retourne comme une tranche de bacon. Il ratatine de déception, mais résolument, je l'entraîne dans le métro. D'un coup d'œil, je me rends compte que le violoniste a plié bagages. Je me précipite au bord de l'escalier dans l'espoir de le repérer. Victoire! j'avise un pan de son vieux manteau au tournant de l'embarcadère.

Les baguettes en l'air, je m'élance dans l'escalier roulant. Ça me prend une couple de marches pour réaliser que je l'ai emprunté dans le mauvais sens. Je veux descendre, mais lui, il monte! Par chance, Frédéric m'attrape par le collet, autrement je serais encore à pédaler sur place comme à un exercice cardio-vasculaire. Vite, je m'engage dans l'escalier ordinaire que je dévale.

— On court après qui? me crie Frédéric.

— Le clochard!

— Hein!

— Il était à l'entrée tout à l'heure.

Je ne vois pas la tête de Frédéric, mais je me doute qu'elle ne doit pas être enthousiaste. Il pensait que je lui sauterais au cou et moi, je l'assomme en lui radotant mon histoire à la gomme.

Je fais mieux de lui démontrer ce que j'avance au plus coupant, autrement il va commencer à me regarder par en dessous. Après tout, il ne me connaît pas beaucoup. Il peut penser que je suis une timbrée.

Édouard Richard a passé le tourniquet et il monte déjà dans un wagon. Coup de sifflet. Pour Frédéric et moi, c'est le signal du sprint. On fonce. Heureusement on a nos cartes de métro, ça va plus vite. On se faufile dans le wagon in extremis; les portes coulissent.

Notre clochard s'est assis à côté d'une grosse madame à fichu tenant un bambin joufflu contre son sein capitonné. Le petit a l'air de raffoler du métro. En babillant, il se met à jouer avec un gros bouton qui pendouille au manteau du clodo. Affable, Édouard Richard lui dédie un beau sourire qui découvre sa fameuse canine cassée. J'en espérais pas tant!

J'administre un coup de coude à Frédéric qui décidément ne doit pas me trouver très douce (pour l'instant). Je lui montre la photo officielle du musicien réputé, avec son nœud papillon et son sourire à la clé. Frédéric zieute attentivement en aller-retour, puis il ne peut que m'adresser un signe d'entendement que je vous traduis en différé:

«Oui, c'est bien le même bonhomme. Curieux, en effet. J'aurais pas pensé. Drôle d'affaire. T'as vraiment du flair. T'es extraordinaire. Tu me plais. J'aimerais mieux te connaître...» Là, je m'arrête parce que ça devient trop intime. Je mentionnerai seulement qu'à la fin, Frédéric me chuchote doucettement:

— On va le suivre.

Il pense peut-être avoir trouvé ça tout seul.

9

Des anges gardiens
manqués

Le tchou-tchou-marmotte file vers Berri-
UQAM. Au carrefour, Édouard Richard sort
du wagon. On lui file le train, mine de rien.
Il longe des murs, prend des couloirs et émerge
au niveau de la rue Sainte-Catherine, en face
d'Archambault, le marchand de musique.

Tout près du portail de la Chapelle Notre-
Dame-de-Lourdes, devant un pavillon de
l'Université du Québec, il y a une espèce de

popote-roulante stationnée pour distribuer cafés et sandwichs aux sans-abris, jeunes et vieux.

Philanthrope jusqu'au bout de son archet, Édouard Richard sort son violon et, pendant que les errants cassent la croûte, il met toute son âme à leur offrir un beau morceau de violon. Selon moi, il joue avec encore plus d'intensité qu'à la Place des Arts.

Ça s'élève, céleste, mouvant, ensorcelant. La musique adoucit les mœurs. Elle est une langue universelle, surtout quand elle est belle. Les passants qui habituellement se dépêchent ou changent carrément de trottoir, s'attardent, s'approchent. Les mendiants arrêtent de mastiquer et se mettent à rêver avec leurs yeux délavés.

C'est un archet ou une baguette magique qu'il agite, ce vagabond?

Les gens se pressent, se mêlent. Les bancs élimés se transforment en loges, le parterre piétiné en terrasse, les fenêtres sales en balcons. Des feuilles tourbillonnent. L'air est tiède, le soleil soyeux. On croirait entendre du Verlaine: *Les sanglots longs des violons de l'automne, bercent mon cœur d'une langueur monotone…*

Quand la pièce se termine, les gens ont la bouche ouverte comme pour laisser entrer plus de musique. La magie flotte un moment, puis la magnifique toile se disloque.

La musique, la poésie, la peinture, on peut la fixer sur papier, mais le train-train quotidien des humains, ça bouillonne comme un chaudron de sorcière.

Un ivrogne porte un toast à Édouard Richard, à même sa bouteille enveloppée dans un sac de papier brun. Maladroit, il l'asperge un peu, mais le musicien lui tapote amicalement l'épaule.

Et puis, bon, fini le concert champêtre en plein cœur de ville! La réalité reprend ses droits, autrement dit la fraternité ne dure pas!

Passants et mendiants se séparent. Édouard Richard ramasse ses petits et reprend le trottoir, direction Da Giovanni, le populaire resto où s'alignent des amateurs de pâtes.

C'est alors qu'il entreprend de traverser la rue.

Il n'aurait pas dû.

Distraction? Imprudence? Ça revient au même, il a mal regardé et il se fait faucher par une petite voiture qui accélérait pour ne pas rater le feu de circulation.

Toujours fulgurantes, ces choses-là. Édouard Richard est projeté, puis il exécute des tonneaux de cascadeur expérimenté, sauf que lui, c'est pas dans ses cordes (si je peux dire).

Il atterrit en sandwich-ketchup entre deux véhicules garés pare-choc à pare-choc. Les friands de sauce tomate en ont pour leur argent. Ça déglutit au ralenti. Dans la vitrine du resto, les cuistots restent pétrifiés avec des fourchées fumantes au-dessus des assiettes. Frédéric et moi, on a les mâchoires crispées, les yeux exorbités.

Une fois son auto stabilisée, le conducteur descend, flageolant. Il aperçoit le blessé, recroquevillé. Visiblement, il n'a pas suivi de cours de secourisme, ni assisté à un accouchement. Il pâlit et vomit. Au tour des amateurs de pizza de déguster! Il y a des dissidents dans le groupe. La toute garnie avec anchois, ce sera pour une autre fois!

Brouhaha. Bouchon. Sirène de police.

Une patrouille déblaye le trafic. En déboulent des agents qui refoulent la foule. Le conducteur-rouleur-compresseur est invité à prendre place dans l'auto de service. Huhulement d'ambulance: l'Hôpital Saint-Luc est à deux pas.

Des brancardiers se lancent à l'assaut. C'est pas long que l'accidenté est saucissonné sur une civière. Un policier interviewe quelques ex-affamés. Grésillement de postes-émetteurs. Des journalistes, surgis d'on ne

60

sait où, griffonnent et photographient. L'ambulance remet ça avec son gyrophare et son tintamarre.

Ensuite, ça fait un peu comme le concert en plein air de tantôt. Le blabla s'atténue. Les gens s'éparpillent. La rue se réactive. Dans la vitrine du resto, les cuisiniers replongent dans leurs casseroles. Les clients sont plus rares mais, avec de la chance, demain, la photo du restaurant fera gratuitement les manchettes avec celle de l'accident.

Frédéric et moi, on reste bras ballants devant la devanture du commerce attenant: une boutique de farces et attrapes. On dirait qu'on fait partie de la panoplie de masques avec nos bouilles abruties. Notre filature a pris une sacrée tournure.

— Eh ben... conclut Frédéric.

Je suis d'accord avec lui.

Je fais un pas en avant, en automate, et je remarque quelque chose sous le tuyau d'échappement d'une voiture le long du trottoir: l'étui à violon d'Édouard Richard!

Bien sûr, il a été projeté. Dans tout le fatras, on n'y a pas porté attention. Normal, on s'occupait plus du blessé que de ce qu'il pouvait transporter. Et puis, l'étui s'est retrouvé hors de vue sous cette voiture. Un hasard que je l'aie vu!

Rapidement, je le ramasse et l'exhibe.

— L'étui du clochard! s'exclame Frédéric comme si je venais de faire un tour de passe-passe.

«Il faut le rapporter à la police», qu'il assure.

— Regardons d'abord l'état du violon et s'il y a une adresse.

On va s'installer à l'écart sur un banc et j'ouvre la boîte.

Le violon apparaît dans son écrin, beau, luisant, ses cordes tendues. Je me réjouis.

— Il est intact!

Frédéric le considère, les yeux de plus en plus écarquillés.

— T'as… t'as vu…? qu'il bredouille.

— Oui, bel instrument.

— Regarde le nom, là!

Et il me désigne une inscription fignolée qu'on peut discerner entre les interstices du bois: A M A T I.

— C'est une marque de violon cher?

— Mets-en! se pompe Frédéric. Au moins un demi-million! Niccolo AMATI, c'est le nom du luthier qui a enseigné au célèbre STRADIVARIUS!

Sur le montant de l'étui, je vois une adresse que je m'empresse de lire:

— Édouard Richard, 500, avenue Melbourne, Ville Mont-Royal.

Frédéric siffle; moi, je persifle:

— Pour un clochard, il ne couche pas sous les ponts!

10

Visite fortuite

Bon! c'est quoi le secret d'Édouard
Richard? Pourquoi ce musicien réputé qui
joue dans des salles somptueuses, va-t-i
ensuite donner des spectacles sur des place
publiques? Frédéric et moi, on y va de no
petites hypothèses.

Il a un frère sosie qui est clochard?
souffre d'une double personnalité? Il a
une promesse, une gageure? Il cu
l'humilité? Il se prend pour le Robin
Bois du violon et il veut jouer

seulement pour les nantis, mais pour les démunis?

On va finir par le savoir, parce que ça nous taraude trop.

On prend le métro et l'autobus pour se rendre au 500 de l'avenue Melbourne à Ville Mont-Royal.

Rue paisible. Arbres en tonnelle. Immeuble cossu. Fenêtres victoriennes. Entre les rideaux de dentelle, un chat angora prend des poses à côté d'une lampe ancienne.

On monte les marches du vaste perron. On sonne. Personne.

Le gros chat nous jette un regard hautain, puis entreprend de se lécher un coussinet.

Un monsieur sort du logement d'à côté. Il porte un chapeau à large bord de fourrure duquel pendent deux tresses à la Astérix. Un juif hassidique. Chacun est punk à sa façon et pour ses raisons.

Je tente de m'informer, espérant qu'il connaît notre musicien.

— Il n'y a personne chez M. Richard? On a quelque chose pour lui.

— S'il n'est pas là, vous devrez revenir, j'en ai peur.

Et il s'éloigne, les nattes battantes.

— On est bien avancés, juge Frédér'

— Sûrement qu'il est à l'Hôpital Saint-Luc. Allons-y. Peut-être qu'on pourra le voir.

— T'es optimiste. Il doit être en compote.

— Parfois ça paraît pire que ça ne l'est. On verra.

On remonte la belle rue frangée d'arbres. Frédéric marmonne:

— Quand je pense qu'on se promène avec un demi-million sous le bras.

— Personne ne le sait, surtout dans un étui pareil! Et puis, Édouard Richard le faisait, lui!

— Son violon est assuré, ça va de soi. Quand même, faut être téméraire. Un instrument de ce prix-là, on ne le traîne pas partout. N'importe quoi peut arriver. La preuve, hein! J'y pense, il va peut-être nous accorder une récompense pour l'avoir rapporté!

— C'est vrai, ça!

— On doit le faire languir en titi s'il a repris ses esprits. Il doit drôlement paniquer. Peut-être qu'il a déjà averti la police. On va être arrêtés comme des voleurs si on nous voit avec l'étui! On va passer des mois au violon, c'est le cas de le dire!

— Reviens-en, tantôt tu disais qu'il était mourant, pis là, il serait debout dans son lit en train d'ameuter tout le corps policier. Dépêchons-nous, c'est ce qu'on a de mieux à faire.

On monte à bord d'un autobus archiplein. Frédéric plaque le violon contre lui. On foule le tas. J'aboutis la tête sous l'aisselle d'un grand type musclé qui se tient à une courroie. Sa touffe de poils humides m'arrive en postiche sur le crâne. Ça va sûrement me faire friser! Sans compter que ça dégage sérieusement le vestiaire-d'après-les-poids-et-haltères!

Le bus avance cahin-caha en dinosaure. Il caracole jusqu'à une bouche de métro où Frédéric et moi, on s'évacue en même temps qu'un gaz d'échappement qui sent la rose à côté du dessous de bras de M. Canada.

On va, on vient, et finalement on se retrouve à l'Hôpital Saint-Luc, coin Saint-Denis et René-Lévesque. Vous nous suivez? Parfait. Pas le moment de se perdre au beau milieu du bouquin.

À l'hôpital, c'est vieillot avec des relents de désinfectant et de médicament. L'odorat est notre sens qui a le plus de mémoire. Dommage qu'on ne puisse pas se dévisser le pif de temps à autre.

La plupart des gens ont une mine grave. Le personnel hospitalier, lui, papote comme si de rien n'était. L'habitude des turpitudes.

On finit par se cuirasser à force de côtoyer les pleurs, les plaies, les plaintes. C'est pas l'École Nationale de Cirque.

On se rend au comptoir des renseignements et on demande pour qui vous savez, en précisant qu'il a été victime d'un accident de la circulation et qu'on a dû l'amener ici.

La préposée, une brunette fraîchement permanentée, remonte ses lunettes dont les branches se perdent dans ses ondulations. Elle consulte son registre et débite:

— 6e étage, chambre 611.

Au moins, notre clochard n'aura pas moisi dans le corridor.

11

Un ascenseur
qui démonte

Frédéric et moi, on prend l'ascenseur en même temps que deux types. Un qui a l'air découragé, le teint gris, les épaules rentrées. On voit que c'est lui le pauvre diable; l'autre est l'ami consolateur. D'ailleurs, on le pige à leur conversation.

— C'est la vie... fait le consolateur.

— Quand même, se plaint l'infortuné en s'arrachant nerveusement un poil de moustache.

— Faut prendre ça comme ça vient.

— Pas le choix.

— Tu finiras par t'en remettre.

— Vite dit!

— Mais oui, mais oui, voyons.

— Dire qu'on planifiait un voyage.

— On connaît pas l'avenir.

— À qui le dis-tu!

— Faut prendre sa pilule.

— À qui le dis-tu!

— Le temps arrange bien les choses.

— Pfft... .

— Courage!

Sanglots de l'affligé. Tapotement d'épaule de la part du sympathisant. Frédéric et moi, on se tait, compatissants.

Comme ils ont pressé le bouton du 5ᵉ, l'ascenseur stoppe à cet étage et les portes s'ouvrent sur les bras d'une infirmière ogresse qui cache une partie de l'enseigne «MATERNITÉ» collée au mur.

— Vous êtes M. Tassé, le père des triplés!? demande la matrone.

— Heu... ououi, répond celui qu'on croyait en deuil.

— Félicitations! qu'elle barrit en lui secouant une main comme un tapis.

Frédéric et moi, on se regarde.

— Des triplés, c'est pas précisément ce qu'on peut appeler un malheur, que je souffle à Frédéric. Allons les voir!

On se dirige vers la pouponnière sur les talons du père éploré et de son ami solidaire.

M. Tassé s'immobilise gravement devant la baie vitrée où sont alignés les trois petits chauves emmaillotés. Il les regarde sourire aux anges avec méfiance; lui, il se fait des cernes d'avance.

— Ouais, trois gars, mon chum! Tu vas te faire placer tout à l'heure! le nargue tout à coup traîtreusement son ami.

«Tiens, voilà la mère de tes héritiers», qu'il ajoute avec une bourrade dans le dos à son copain éprouvé.

Une femme s'avance dans le corridor en arquant comme un cow-boy de rodéo dans sa robe de chambre de ratine. On devine qu'elle va devoir s'asseoir précautionneusement pour un bout de temps.

M. Tassé se dessine un sourire en l'apercevant, mais ce sourire se tord instantanément en avisant sa belle-mère en arrière plan.

— Maman va venir nous donner un coup de main, lui annonce sa prolifique moitié.

Là, M. Tassé se tasse le long du mur. Il a un vertige; il vacille. Son ami a juste le temps de le cueillir avant qu'il ne se répande sur le carrelage.

— Il a un malaise! qu'il s'écrie.

La garde-hypopo qui vaquait non loin, rapplique en agitant sa cellulite.

— On va le ramener à ses esprits, ce bon monsieur, qu'elle assure en s'arc-boutant pour le soutenir.

Ses varices en bleuissent à travers ses bas de soutien.

— Eh ben, en voilà un que ça émeut pas ordinaire d'être père, décrète Frédéric.

On fait deux-trois risettes aux nourrissons et on rebrousse chemin pour reprendre l'ascenseur.

DING! Cette fois, il stoppe au 6e. On s'extrait de la boîte zonzonnante et on prend à droite, une flèche indiquant le 611 de ce côté.

Je me dis qu'on ne sait pas dans quel état on va le trouver, notre musicien éclopé. Après ses pirouettes, je crains le pire. Frédéric aussi, je le sens. L'audace qui nous transportait aurait maintenant besoin d'une béquille pour nous faire continuer à avancer. La perspective des tubes, des drains et des aiguilles nous freine.

Je décide de m'informer au poste de garde où une infirmière farfouille dans de la paperasse; une blonde platine avec 38C de poitrine (allô, les maux de dos).

— M. Édouard Richard est bien au 611?

— Oui. Vous êtes de la famille?

— Sa nièce, que je mens effrontément

— Cas de fracture. Il est sous calmant. Il vaudrait mieux revenir demain. Il dort.

On ne se le fait pas dire deux fois. Inutile d'aller faire le pied de grue devant une momie sous anesthésie. Demi-tour!

Au bout du corridor, on avise deux infirmières sortant de la dernière chambre. Lorsqu'elles nous croisent, on les entend chuchoter:

— Attraper le sida à cet âge-là, si c'est pas de valeur!

Une victime du sida. On en entend souvent parler, mais je n'en ai jamais rencontrée. En passant devant la chambre, je ne peux m'empêcher d'écornifler. Le rideau est tiré, mais je peux voir une personne affaissée dans le fauteuil au pied du lit. Il s'agit d'une dame d'un certain âge qui se frotte le front. Quand elle abaisse la main, mon sang se glace. C'est comme si je recevais une douche par en dedans. J'ai les dents qui claquent et mes yeux restent figés comme ceux d'un turbot congelé.

Frédéric reluque par-dessus mon épaule.

— C'est bien pire que le cas de M. Tassé, qu'il murmure.

Je me hâte de disparaître du cadrage, car la femme dans le fauteuil tourne la tête de notre côté. Je m'adosse au mur, ébranlée.

— Qu'est-ce que t'as? On dirait que t'as vu un fantôme. Tu la connais? me demande Frédéric.

Je le regarde, effarouchée, et je réponds:

— Non!

J'entendrais un coq chanter que je serais pas étonnée (souvenir de catéchèse).

— Sortons! fait Frédéric.

Je le suis comme un zombi. Au moment où on passe les portes de l'hôpital, je suis plus blême qu'un drap.

Frédéric me considère. Je chevrote:

— C'est rien, les hôpitaux, ça me fait toujours un drôle d'effet.

Et j'ajoute, minée:

«Un effet à retardement... comme les bombes.»

12

Langue
dans le vinaigre

Faudrait pas trop que je me prenne pour Hitchcock, tout de même. Le maître du suspense, j'ai encore des croûtes à manger (et des bouts de crayons à mâchouiller!) avant de lui ressembler. Il est temps que je vous crache le morceau avant de m'étouffer avec.

Voilà! J'ai dit que la personne sidéenne aperçue dans la chambre d'hôpital était une dame d'un certain âge; eh bien, vous l'avez peut-être deviné, sinon je vous le révèle sur-le-champ, il s'agit de Marie-Cécile, ma digne grand-mère.

Vous comprenez ma stupeur, mon anéantissement, mon reniement! MA GRAND-MÈRE! Du coup, je suis devenue aussi méthodique dans mes déductions que Stéphane Chagnon, le maniaque de l'équation à l'école.

Un: ma grand-mère subit un *lifting*, donc elle cherche à plaire. Deux: elle trimbale des condoms dans sa sacoche et c'est sûrement pas pour enfiler sa petite monnaie! Trois: Marie-Cécile a été très embarrassée quand ses préservatifs ont tombé du sac. Tout ça = sexe et sexe = danger (qui peut aussi égaler, on nous le dit assez) = SIDA.

Voilà ce qui m'est passé par la cervelle l'espace d'une étincelle, en apercevant grand-mère dévastée dans le fauteuil de cuirette de la chambre d'hôpital. Je vous l'ai dit, de l'imagination, j'en ai à revendre et tout m'a paru clair comme de l'eau de roche.

Quoi? Il y en a qui disent que je suis une sans-cœur, que j'aurais dû tout de suite aller consoler grand-mère? J'aurais aimé les voir à ma place. J'étais accablée, chavirée. Je craignais de ne pas savoir quoi lui dire à grand-mère. J'avais peur qu'elle se sente découverte, agressée, qui sait? C'est un terrible secret qu'elle ne veut peut-être pas partager, sa maladie.

Sur le moment, je n'étais même plus capable d'avaler ma salive et pourtant une fricassée de sentiments m'est descendue dans l'estomac. Alors, je suis demeurée hermétique, mais ça brassait en dedans. Et ça brasse encore. Pire que si j'avais englouti une poutine, un taco et un sundae, juste avant de me coucher.

Bref, je suis sens dessus dessous, mais je ne dois pas trop le montrer à Frédéric.

Dès qu'on met le pied dehors, je lui dis:

— C'est bête, j'me sens pas bien. Je dois couver une gastro.

— Eh ben, toi, les microbes, tu peux dire que tu les attrapes vite. Tu ne pourras jamais travailler dans un hôpital, certain!

J'élude:

— Non, hein! Si ça te fait rien, je vais rentrer tout de suite.

— Je comprends. T'es mieux de te remettre pour demain. Édouard Richard est moins amoché qu'on l'aurait cru; on pourra lui remettre son instrument. Je peux quand même pas continuer à me promener éternellement avec un Amathi sous le bras comme s'il s'agissait d'une baguette de pain français!

L'histoire du musicien-clochard me passe cent pieds par-dessus la tête maintenant. L'Amathi à un demi-million, je m'en fiche! Toutes mes pensées, toutes mes énergies sont centrées sur ma pauvre grand-mère.

— C'est vrai que t'as pas l'air dans ton assiette, souligne Frédéric.

— J'ai plein de gargouillis...

Il ralentit par sollicitude et on se rend mollo jusqu'au métro, comme deux retraités pas pressés qui prennent le temps d'écouter les petits oiseaux.

— Je te raccompagne jusque chez toi? propose Frédéric quand on arrive à la station d'échange.

— Non, je te remercie. Quand je file un mauvais coton, j'aime mieux être seule.

— T'es sûre?

— Sûre.

— Alors, je te rappelle demain.

Et à l'improviste, Frédéric me dépose une grosse bise sur la joue. Même qu'il me fait un petit chatouillis avec le bout de sa langue.

S'il savait, sa langue me fait autant d'effet dans le moment que les marinades en pot chez le charcutier!

13

Spaghetti,
le thérapeute

À la maison, je m'affale dans mon lit. Mes parents assistent à une fête chez des amis qui viennent de s'acheter une maison dans le quartier. Ils appellent ça «pendre la crémaillère». Moi, je me pendrais volontiers à un lampadaire! J'ai le moral à plat et c'est pas notre chien, Spaghetti, avec ses airs supérieurs d'animal en stage d'évolution chez les humains, qui peut me réconforter.

Il me regarde d'un œil morne comme si je commettais toujours les mêmes erreurs. Si, dans les labos, les hommes étudient le comportement des animaux, ici, à la maison, c'est le contraire.

Donc Spaghetti a abandonné momentanément la fraîcheur de son sous-sol pour venir m'observer. Qu'à cela ne tienne, j'ai besoin de parler et c'est lui qui va m'entendre, même s'il a les oreilles rabattues et poilues.

— Tu me croiras pas, Spaghe, mais je vais te le dire quand même: Marie-Cécile a le SIDA. Tu me crois pas? Eh ben, je te le dis. Ça te défrise? Moi aussi. On n'a plus les grands-mères qu'on avait. Celle du Petit Chaperon Rouge n'a qu'à aller se rhabiller. De nos jours, les mères-grands ne se parfument plus à la naphtaline et ne portent plus un scapulaire en pendentif. Le renard argenté et le corset à baleine ne font plus partie du modèle courant. Il y a de nouvelles options. Ça te dépasse? C'est ça le progrès.

«Pauvre Marie-Cécile. T'imagines? Elle doit agoniser, honteuse, terrifiée! Le SIDA, la maladie qui ne pardonne pas. La science n'a pas encore trouvé l'antidote. On en est à l'éprouvette. On teste, on reteste, et on fait bien, vu, qu'à un moment donné, ce virus rusé s'est même trouvé transmissible par transfusion sanguine.

«Le sang! Mais, bon sang, naturellement, le sang! Voilà comment grand-mère a contracté le virus. Sûrement qu'au cours de sa récente opération, on lui a fait une transfusion! Ça ne peut pas être autrement. Ce que j'ai pu détraquer! Croire que grand-mère s'était lancée dans des aventures!

«Quoi, qu'est-ce que t'as à me viser, Spaghe? Je sais, Marie-Cécile a beau être une grand-mère, elle est aussi une femme. Mais avoue que c'est pas facile à imaginer une grand-mère «sexuellement active». Déjà sa propre mère, on la voit plus au moins, alors. Des grands-mères à la cuisse légère, ça ne court pas les rues; enfin, c'est rare! surtout Marie-Cécile, si distinguée, si réservée. Une grand-mère exemplaire. Enfin, une grand-mère, quoi! MA grand-mère!

«Quoi, qu'est-ce que t'as encore, Spaghe?

«Des préjugés? Moi, j'ai des préjugés? Là, tu charries. Et pis, tu dépasses nettement la compétence. Faudrait pas philosopher comme Snoopy. J'ai l'impression que tu as une attaque foudroyante de puces, mon vieux! Une invasion en procession jusqu'à ton ciboulot. Faudra changer ton collier. C'est ça ton problème. C'est pas à moi qu'il faut chercher des poux.

«Je l'aime grand-mère et tu le sais. Je ne veux pas la perdre. Ils vont bien trouver une pilule, un vaccin, quelque chose pour la soigner. Ils trouvent toujours. D'ailleurs, il existe déjà des médicaments qui retardent l'évolution de la maladie, je l'ai lu dans le journal. Ils vont bientôt trouver, officiel!

«Quoi, t'as jappé, Spaghe?! Oui, je t'ai entendu. Tu ne jappes jamais pour rien, mon chien. Tu sais qu'ils vont trouver hein? C'est ça, hein? Ton sixième sens. Demain, je le dirai à Marie-Cécile. Je la prendrai dans mes bras et je lui dirai que le sphinx de la maison a parlé. Ils vont trouver! Je dirai à Marie-Cécile combien je l'aime et que je suis prête à garder le secret de sa maladie. Elle ne sera pas seule. Je vais l'aider. Oui, je lui dirai tout ça.»

Voilà que le téléphone sonne, mais je hoquette trop pour aller répondre. C'est le grand larmoiement baveux, avec irrigation en sillons sur les joues et écoulement en stalactites au bout du pif.

Après quatre sonneries, le répondeur prend la relève. De toute façon, c'était pas un appel capital: seulement Stéphane Chagnon qui veut me téter les oreilles.

D'une voix bien calculée (pas étonnant de sa part), il m'invite à un tournoi d'échecs par ordinateur qui se tiendra au Palais des

Congrès la fin de semaine prochaine. Il assure que ce sera super-fantastique-excitant! (J'en mouille d'avance.) Et il raccroche en me laissant sur un pareil suspense.

Entre nous, je ne crois pas être empêchée de dormir d'ici là. Même qu'après avoir pleuré comme un saule de cimetière un 2 novembre orageux, je me sens complètement vidée. Couchée en équerre avec Spaghetti en douillette à mes pieds, j'engourdis doucement. Mes sanglots s'espacent, façon bébé fraîchement allaité. Dans la moiteur des draps, des langueurs m'enveloppent. Sur un écran flou et sur une valse de Strauss tournent des images.

La piste, c'est la salle Wilfrid-Pelletier de la Place des Arts. Un projecteur suit les mouvements d'un couple qui danse avec volupté. La femme, c'est Marie-Cécile, son partenaire, Édouard Richard. Il a la redingote tournoyante et Marie-Cécile, des voilures ondoyantes. On dirait un show des *Ice Capades* tellement c'est harmonieux, vaporeux.

Mais soudain, douze DONG! sinistres résonnent, brisant le rythme dans la vaste enceinte. MINUIT. Du coup, Édouard Richard se métamorphose en clochard. Ses souliers vernis deviennent des godasses ornées d'orteils en deuil. Marie-Cécile se retrouve vêtue de cuir à pitons comme une motarde, avec des bottes lui remontant à la mi-cuisse. Ils forment un couple disparate. Des murmures s'élèvent dans la salle. La valse de Strauss devient dissonante et la piste de danse se transforme en chapiteau de cirque.

Édouard Richard fait figure de clown piteux, et grand-mère, de dompteuse de fauve. Sauf que c'est Édouard Richard, archet à la main, qui fouette Marie-Cécile. (Là, ça vire au sadomasochisme et je me demande, dans mes vapeurs, si je ne suis pas un peu jeune pour rêver de trucs pareils?!)

Pour compléter le tableau (style Dali, le peintre sauté), voilà qu'un Charles Dutoit miniaturisé, portant des culottes courtes, s'avance en maître de cérémonie et en chantant à tue-tête:

«UN ÉLÉPHANT, ÇA TROMPE, ÇA TROMPE... DEUX ÉLÉPHANTS, ÇA TROMPE ÉNORMÉMENT...!»

14

Des crampes
pour déjeuner

Bon! dorénavant, je boirai du lait chaud
avant d'aller au dodo. Ce sera plus prudent.
C'est la résolution que je prends le lendemain en voyant ma binette défaite dans le
miroir de la salle de bains. J'ai les cheveux
comme si j'avais mis un doigt dans une
prise de 220 V (d'ailleurs mes yeux sont
encore traversés de petits courants rougeâ-
tres) et ma langue colle si fort à mon palais

que, pour me brosser les dents, je vais devoir la détacher au chalumeau.

J'entends ma mère chantonner dans la cuisine, comme toujours lorsqu'elle se confectionne sa fameuse mixture-santé composée de toutes sortes de graines, de noix et de céréales. C'est dégueu, mais ma mère prétend qu'après avoir avalé ça, elle lévite. Je vous dis qu'elle retomberait vite par terre, si elle savait ce que je sais au sujet de sa mère!

— Dis donc, Geneviève, t'en as encore pour longtemps? J'ai pas une vessie de chameau, se lamente mon père à la porte.

— Geneviève, on te demande au téléphone! crie ma mère depuis la cuisine.

— Pfiou! v'là ma chance pour pas finir prostatique, reprend mon père.

Vaut mieux se tordre de coliques que de rires (surtout dans une salle de toilettes) quand mon père joue les farceurs. Je le lui ferais bien remarquer, mais je me contente de lui abandonner son coin de lecture préféré.

Le combiné du téléphone est posé sur le comptoir, à côté d'une petite flaque de jus d'orange. Je le cramponne.

— Mouais, que je fais pâteusement.

— Geneviève? C'est Frédéric. Ça va mieux, ce matin?

— Je suis pas Nadia Comaneci, mais je crois être capable de marcher en ligne droite.

Il rigole. J'enchaîne:

— Je crois qu'on est mieux de se rencontrer directement à l'hôpital aujourd'hui. Une de mes copines a été opérée pour l'appendicite. Je vais d'abord lui rendre visite; je pourrai ensuite te retrouver à l'entrée. Disons à trois heures?

— D'accord. Je serai avec le copain Amati qui devient de plus en plus impatient, si tu vois ce que je veux dire.

— Je vois. À cet après-midi.

Heureusement que ma mère avait la tête dans le frigo en entonnant l'opéra de Carmen quand j'ai inventé l'histoire de la copine opérée. Ça m'est venu comme argument pour pouvoir rester seule un certain temps avec grand-mère.

La diva en tablier effectue un intermède.

— Bon, c'est le brunch du dimanche, qu'elle annonce (comme à tous les dimanches). Saucisses ou bacon, Geneviève?

— Pour moi, ça va être un brunch léger.

Mon père apparaît dans le cadre de porte en s'étirant et en commentant:

— J'ai déjà entendu parler de yaourt léger, de bière légère, de mayonnaise légère, et j'en passe, mais le brunch léger, tu viens

89

de l'inventer. Qu'est-ce que t'as? Habituellement, le dimanche, tu dévores. On te croirait toujours à la cabane à sucre. Tu mets du sirop partout.

— J'ai la nausée, ce matin. Je pense que je suis un peu enceinte.

(Parfois, je peux être sadique.)

Mon père a un sursaut de mauvais calcul d'impôt (ça peut faire aussi mal qu'un calcul rénal). Ma mère, elle, reste figée en plein mouvement comme Martina Navratilova photographiée sur le vif, sauf qu'elle fait son revers avec une poêle à frire au lieu d'une raquette de tennis.

Vite, je me rattrape pour ne pas diminuer leur espérance de vie.

— C'est une farce!

— Une farce plate, Geneviève L'Heureux! gronde mon père.

— Je suis sage comme une image et Frédéric aussi.

— C'est ton nouvel ami, ce Frédéric?

— Oui. Cet après-midi, il me présente à un vieil oncle violoniste. Vous voyez qu'on est sérieux. (Une autre inspiration de dernière minute.)

— Un vieil oncle violoniste, tiens, tiens, tiens. Ça pourrait intéresser Sainte-Marie-Cécile, ta grand-mère patronne des musiciennes. Tu devrais lui manigancer un rendez-vous.

Là, c'est moi qui écrase; la seule mention de grand-mère m'atterre.

— Je vais m'habiller, que j'articule seulement.

— Parlant de Marie-Cécile, ça fait deux jours que j'appelle chez elle; pas de réponse, souligne ma mère en mettant les cretons sur la table.

— Faut comprendre, ta mère recommence sa vie de fille, blague mon père en se servant du pâté.

Vous savez quoi? Je me sens la tête de plus en plus lourde et fromagée.

15

Re-flop en ascenseur

À l'hôpital, je retrouve les mêmes relents antiseptiques et les mêmes patients sceptiques. Pas le party! Faut dire que des hémorroïdes saignantes, des otites aiguës et des sinusites chroniques, ça n'a jamais fait danser à claquettes.

Tout au long du trajet en métro, je me suis conditionnée. Je dois appuyer grand-mère, pas pleurnicher. L'encourager, pas m'effondrer.

Je me fais ce beau raisonnement dans ma jolie tête (tout le monde me le dit), mais j'ai les jambes molles en prenant l'ascenseur. Curieux hasard, j'y remonte en même temps que M. Tassé, le père angoissé des triplés. On a bonne mine tous les deux. Un qui a l'air d'avoir une rage de dents, l'autre une crise de foie. C'est pas la joie.

Je ne sais pas ce qui me prend, peut-être pour me pratiquer auprès de grand-mère pour voir si je fais une bonne intervenante, je lui dis à brûle-pourpoint:

— Vos trois petits gars sont bien beaux, vous savez, monsieur.

Il me regarde les yeux en gelée (d'ailleurs dans les circonstances, il a une tête de veau; il ne lui manque que le persil dans le nez), et il s'abat sur moi en tressautant des épaules.

Le déluge. En deux minutes, l'épaulette de ma blouse ressemble à une couche usagée. Je vous le dis, une borne-fontaine accidentée. Impossible d'endiguer. Ça me démontre une chose: travailleuse sociale, c'est pas une bonne option pour mon cours collégial.

Maintenant que j'ai provoqué M. Tassé, je ne sais plus comment le consoler. Maladroitement, je lui flatte les omoplates. Il renifle à grands traits dans mon cou. C'est à cet instant que la porte de l'ascenseur s'ouvre sur l'étage de la maternité et qu'on se retrouve en plein devant une marâtre haute sur pattes, le cheveu attaché, la lèvre rentrée et la verrue velue. Même si je n'ai fait que l'entrevoir, je la reconnais tout de suite: c'est la belle-mère de M. Tassé.

Son cou télescopique s'étire d'au moins dix centimètres en nous avisant, son gendre et moi, enlacés. Ses yeux deviennent deux olives dénoyautées, son nez en épingle se pince, ses cordes vocales se contractent et elle s'égosille tragiquement:

— AH! AH! Je le savais! J'en étais sûre! On flirte avec une petite jeune quand ma fille est criblée de points de suture; qu'elle vient de donner le meilleur de son sang pour vous assurer une postérité. Misère! neuf mois à veiller et à enfler; trente-six semaines à chercher son souffle, sa posture et ses lacets de chaussure. Tout ça pendant que monsieur sautait la clôture à pieds joints. Mais je l'avais prévenue: un homme qui joue avec sa moustache est un vicieux! Si elle m'avait écoutée! Mais non! «Il ressemble à Clark Gable», qu'elle se pâmait. Eh bien, autant en emporte le vent, hein!

De son bras osseux, elle paralyse la porte de l'ascenseur pour continuer à sermonner. La satire de la belle-mère enragée, c'est son rôle de composition.

— Ah! elle a un bel avenir devant et derrière elle, ma fille, avec un maquereau de votre espèce. Je vois ça d'ici. Mais le divorce, ça existe, mon ami. Et la pension alimentaire suit, je vous le garantis! Du flagrant délit, ça s'appelle votre cas et comptez sur moi, ça se saura!

Interloqués, on reste entrelacés comme deux statues grecques d'inauguration. Devant notre passivité, la harpie se scandalise:

— Mais lâchez-vous un peu! La pudeur, vous savez pas ce que c'est!?

Je lui dirais bien de respirer par le nez, mais je suis vraiment trop désarçonnée.

— Mais... que je bêle comme la chèvre de M. Seguin qui trouvait l'herbe moins verte, le soir venu.

La furie me dévisage.

— Vous, taisez-vous! Vous devriez avoir honte. Une fille de votre âge. Un homme de son âge. Il en a déjà trois au berceau, mais ça ne lui suffit pas.

Elle se tourne vers son gendre pour lui postillonner au nez:

— Ah! mon défunt Anatole ne vous redoutait pas pour rien. Il avait un pressentiment, mon brave!

Légère pause posthume, puis, les mâchoires crochetées, elle grince:

— Faut dire qu'il détestait pas jouer au joli cœur, lui non plus. Même que, si je ne l'avais pas eu à l'œil, il en aurait fait de belles. Tous pareils, quoi! Des lapins, des boucs, des rats! Ce qu'il faut endurer!

Elle termine sa grande scène comme au cinéma muet, en portant pathétiquement la main à son front et en se retirant à pas comptés. Avec des sous-titres, ça donnerait à peu près: «C'est le déshonneur total. Je ne peux plus voir ça. Je défaille. Retenez-moi, retenez-moi, et cetera, et cetera.»

Heureusement, il n'y a pas foule à cette heure, donc pas de spectateurs. M. Tassé se ramasse, la moustache morveuse. Il a raté une bonne occasion de clore le bec de sa belle-maman avec la célèbre réplique de Clark Gable: *Frankly, my dear, I don't give a dam!* Ce qui peut s'interpréter dans le contexte actuel par: «Franchement, ma chère, tu peux toujours avaler ton dentier!»

Mais au lieu de puiser dans le répertoire des grands classiques, M. Tassé s'adresse à moi en bavochant:

— Je suis vraiment désolé...

Là-dessus, il se mouche à n'en plus finir, comme quelqu'un qui a le rhume des foins et qui pique-nique sur une talle d'herbe à poux. Il éponge son front emperlé et ajoute, désespéré:

— Ma plus grande peur, voyez-vous, c'est qu'il y en ait un des trois qui lui ressemble.

Assez angoissant, merci!

peut

tête

ui le moi

des

t d'une ns

tre son séru...

ratiquer des res...

gonflant le ventre p...

je ne parviens pas vraime...

Il le faudrait pourtant; je ne

uelques pas de la chambre.

ltime élan, j'avance dans le

our, face à la fenêtre, grand-

t debout dans sa belle robe

vec le fin collet de dentelle. Je

urmentée, implorant intensé-

. Mais il est boudeur, le ciel,

Gris acier comme les couvercles

aux de repas dans une étagère à

long du corridor.

nère incline la tête. De son

échappent des cheveux folets,

s à la coloration. Il y a aussi la

arrière de sa tête qui trahit le gris.

avec un s
C'est mieu
toujours s'à
ailleurs. Le
d'affronter M
papillons, for
l'estomac.

Pour gagner
un monsieur q
couloir en tena
fendue et de l'au

J'ai beau
yogiques, me
thorax au max,
à me détendre
suis plus qu'à

Dans un u
chambranle.

À contre-j
mère se tien
fleurie, celle a
la devine to
ment le ciel
aujourd'hui.
sur les plate
roulettes le

Grand-
chignon s'
récalcitran
rosette à l'

S

A pr
mesure, s
mère, la p
virus du sid
de fois au
prendre l'es

À tâtons
bourrure défo
fant mes chev

La porte s'
jeune interne, st

Marie-Cécile passe machinalement sa main droite sur son bras gauche, comme pour se rassurer.

Une bouffée de tendresse me vient. Je l'aime tellement. Mon cœur se gonfle. «Maman», est le mot qui me monte aux lèvres, comme si c'était du ventre même de Marie-Cécile dont j'étais sortie. C'est un peu ça, non? Et curieusement, j'aimerais bercer grand-mère comme un enfant.

C'est quoi, ces sentiments!?

À pas feutrés, j'avance. J'entrevois le lit défait, les draps fripés, la veste de grand mère jetée sur un dossier. Son parfum de fleur fanée m'enrobe. Elle fait un geste pour glisser son mouchoir dans sa manche. Doucement, j'effleure son épaule.

Elle tressaille, se retourne. Ses yeux luisent, pleins à ras bord, et ils sont noisette, comme avant, de leur vraie couleur. Puis ils deviennent vifs et effarés.

— Geneviève! Mais qu'est-ce que tu fais ici?

J'avale et ça goûte l'huile de foie de morue.

— JE SAIS, grand-mam.

Elle me regarde franchement estoma-quée.

— Tu sais?? Ah! tu sais. Terrible, non?

— Tu n'es plus seule...

Ma phrase est saccadée. J'ai la gorge en feu. Et puis, voilà, j'éclate en pleurs avec la pression d'une lance d'incendie.

Grand-mère qui n'avait pas prévu de parapluie, est de plus en plus renversée.

— Voyons, ma Geneviève, il faut être forte.

C'est elle qui me dit ça! Je voudrais me rattraper, m'expliquer, mais c'est les grandes eaux, les chutes Niagara, la débâcle de LG 2, le tout entrecoupé de «bouhouhou» braillards. À côté de moi, M. Tassé avait l'air d'être incommodé par un cil dans l'œil.

Ah! je fais une belle nouille, je vous jure. Mollette à souhait. Collante et imbibée. Marie-Cécile ne sait plus par quel bout me prendre.

Accompagnant mes déversements, un bruit de chasse d'eau provient des toilettes à l'entrée de la chambre.

Petite diversion. Je renâcle un brin.

— Il faut te ressaisir, Geneviève. Nathalie ne doit pas te voir dans cet état.

Elle me repousse gentiment et poursuit:

— J'ignorais que tu la connaissais. Tu peux rafraîchir son lit? Je vais aller l'aider.

Je flotte. Mes idées s'entrechoquent. Grand-mère, qu'est-ce qu'elle débloque?

Elle se dirige vers la salle de toilette. La porte s'ouvre. Une fille blafarde et rachitique en sort, hésitante. Elle doit avoir mon âge, difficile à dire, compte tenu de son état de dépérissement.

Marie-Cécile la soutient jusqu'au lit.

— J'ai une belle surprise pour toi, Nathalie. Geneviève est venue te dire bonjour!

Ladite Nathalie me regarde sans me voir, trop exténuée pour chercher à me reconnaître. Sa mémoire fait de la chaise longue.

— Voyons, Geneviève, rends-toi utile, dispute grand-mère. Arrange l'oreiller.

Je m'exécute à l'aveuglette. Relève et tapote l'oreiller moite, parsemé de cheveux.

Marie-Cécile aide la malade à monter dans son lit dont un côté est flanqué d'une barrière métallique.

— Je me sens fatiguée, soupire Nathalie. Je vais dormir.

Elle fait vraiment peine à voir, les hanches saillantes sous sa jaquette froissée.

En la bordant, grand-mère lui dit tout doux:

— Dors bien. Geneviève et moi, on va manger un morceau et on revient.

Marie-Cécile récupère sa veste de laine, passe les ganses de sa bourse dans son avant-bras et, de l'index, m'intime de la suivre sur la pointe des pieds.

— Pauvre enfant, qu'elle s'apitoie dans le corridor. Si jeune et atteinte d'une maladie si terrible!

Début de rébus.

17

Je solutionne

Ces paroles me dévalent sinueusement les trompes d'Eustache jusqu'aux tympans et là, badaboum! c'est le déclic, l'entendement, la délivrance, la descente du Saint-Esprit, le fond du baril! Je réentends l'infirmière disant à sa collègue, hier, au sortir de la chambre où grand-mère se trouvait: «Attraper le sida à cet âge-là, si c'est pas de valeur!» Et je peux enfin faire la connexion. Je jubile. Je porte plus à terre. Même que je fonce dans le chariot de plateaux parqué dans le couloir. Un reste de pouding au riz m'atterrit sur le bout d'un pied.

Peu préoccupée par ma maladresse, grand-mère continue de chuchoter:

— Tu vois comme il faut être prudente, Geneviève. Une fille à peine plus âgée que toi. Ça fait réfléchir, non? D'ailleurs, j'ai à te parler à ce sujet. Mais d'abord dis-moi où tu as connu Nathalie. À l'école?

Ma belle sérénité baisse d'un cran. Il va falloir que je déballe mon histoire, on dirait, sinon je risque de m'emberlificoter de nouveau. J'ai des prédispositions.

Je reprends mon courage d'une main, de l'autre, j'essuie le pouding au riz sur mon soulier, et je dis:

— J'ai un aveu à te faire, Marie-Cécile. Tu vas rire.

Petit répit: on vient d'entrer dans l'ascenseur bourré de monde. Il descend à la cafétéria, l'étage que préfèrent la plupart des gens, à en juger par le nombre de ceux qui y font halte.

Marie-Cécile va acheter deux jus de raisin et s'installe en face de moi, en silence, attendant, de toute évidence, la suite de mes confidences.

À la table d'à côté, un monsieur qui a dû manger de la soupe aux pois, essaie continuellement de péter en douce, mais on l'entend aussi bien que s'il jouait du trombone.

Je reprends en me raclant la gorge, avec un petit rire nerveux.

— Comme je te le disais, tu vas rire…

Mais grand-mère reste sérieuse comme un pape.

— Figure-toi que je croyais que c'était toi qui étais atteinte du sida. Fou, hein? Croire que tu pouvais avoir le sida. Ça prend bien moi pour imaginer une chose pareille!

Grand-mère ne donne toujours aucun signe d'hilarité, ce qui me porte à cafouiller.

— À ton âge. Bien sûr, tu peux encore avoir des relations sexuelles, c'est pas ce que je veux dire…

Ça y est, j'ai mis mon pied complètement dans ma bouche. Les cinq orteils jusqu'à la luette, comme un bébé sans hochet.

J'ai l'inspiration de prendre une gorgée de jus et heureusement, ça me permet de terminer sur un bon ton.

— Je croyais qu'à ton opération, on avait pu t'injecter le virus par transfusion, voilà ce que j'ai cru.

Là, je me tais, même que je prends la résolution d'entrer au cloître, là où tu ne peux parler qu'une fois tous les cinq ans. Ce sera parfait pour moi.

Mais grand-mère ne l'entend pas de cette oreille. Elle plante ses prunelles dans les miennes et me harcèle:

— Quelle opération?

Poum! C'est vrai je ne suis pas censée être au courant de sa chirurgie comme telle. C'est un secret de Polichinelle, mais je ne suis quand même pas supposée le connaître.

Je vire en thermomètre. J'ai le mercure qui monte, qui monte. Je deviens rouge tomate avariée, mûre pour le ketchup. Mes plombages craquent, mon déodorant s'évapore. Sous mes cuisses, le plastique de ma chaise commence à faire des bulles. Je vais rester soudée à mon siège à jamais. Et puis je refoule. J'ai déjà les yeux à la hauteur de la table. Ma période de croissance s'arrête radicalement. Je serai la première adolescente à rapetisser au lieu de grandir. Je vais entrer dans le livre des records Guinness.

Avant que je ne disparaisse complètement, Marie-Cécile a un bon geste, comme Jules César pour les perdants dans l'arène. Elle lève la main et amorce un sourire.

Je m'accroche aux deux.

— T'en fais pas, Geneviève. Je me doutais bien que ça finirait par se savoir. D'aussi loin que je me souvienne, ta mère a toujours été un panier percé.

Elle ne me laisse pas le temps de blanchir maman et y va d'une autre question:

— Dis-moi plutôt comment tu as su que j'étais à l'hôpital.

Version intégrale de l'*Histoire sans fin*. Là, je prends mon souffle car l'explication risque d'être longue. Au point où j'en suis, c'est ma seule issue et puis le récit peut intéresser Marie-Cécile, vu qu'elle se passionne pour tout ce qui touche de près ou de loin à la musique. Une Edgar Fruitier dans son genre.

Je commence donc par le commencement. Je raconte le clochard du marché aux puces jouant du violon comme un pro et occasionnant ma rencontre avec le beau Frédéric Jobin. J'arrive au moment où j'ai reconnu formellement ledit clochard en récital à la Place des Arts et où j'ai appris son nom.

Là, grand-mère se souvient de ma surprise et de son incrédulité.

J'enchaîne avec le rendez-vous donné à Frédéric à la station Champ-de-Mars, où le hasard s'en mêle à nouveau et où je revois le musicien jouant en haillons dans le métro. Ma curiosité est à son comble! Je convaincs Frédéric et on suit l'individu jusqu'à un mini-concert qu'il donne pour les sans-abris, sur la rue Sainte-Catherine. Peu après, il est frappé par une auto. Sous l'impact, son violon, un Amati (rien de moins) tombe fortuitement en notre possession. Quant à Édouard Richard, inconscient, il est conduit à l'Hôpital Saint-Luc.

Frédéric et moi, on s'y rend dans l'intention de remettre le violon à son propriétaire. Sur place, on apprend que le blessé est toujours dans les pommes, donc qu'il est inutile de rester à son chevet.

Je précise à Marie-Cécile que c'est à cet instant, en quittant le 6e étage, que je l'aperçois dans une chambre. Deux infirmières viennent d'en sortir et d'après leur conversation, j'en déduis qu'elle est atteinte du sida.

Stupeur et désolation. Ma grand-mère atteinte du sida! J'en dors pas. Je prends la résolution de venir la voir pour la réconforter, d'où ma présence. J'ai devancé Frédéric avec qui j'ai rendez-vous pour aller voir Édouard Richard qui, nous l'espérons, sera sorti des limbes afin qu'on lui remette enfin son violon-d'un-demi-million.

En m'écoutant, Marie-Cécile a tellement tourné ses boucles d'oreilles (on dirait qu'elle cherche la combinaison d'un coffre-fort) que ses lobes sont cramoisis. Visiblement, elle a trouvé mon récit plus captivant que la lecture de l'almanach du peuple.

110

— Eh bien, ma Geneviève, qu'elle conclut humblement, tu es vraiment la petite-fille de Marie-Cécile Plamondon!

Le pétomane l'approuve d'un coup de canon.

18

Sexologie: échantillon
à l'appui

Bon, c'est bien beau, j'ai vidé mon sac
à Marie-Cécile. Mais à présent, c'est moi
qui veux savoir! Grand-mère, qu'est-ce
qu'elle fait ici, au juste? De prime abord, je
subodore (bien dit, hein?) une activité de
bénévolat. Je m'aperçois vite que j'ai vu
juste.

— Finalement, la pauvre Nathalie, tu ne
la connais pas, déduit grand-mère. Tu es

venue ici pour moi. Eh bien! tu as été chanceuse de me retrouver dans la même chambre. J'aurais pu être n'importe où dans l'hôpital. Tu vois, je fais partie d'une équipe volante, un groupe de volontaires qui réconfortent les malades. Surtout les jeunes, en ce qui me concerne. Nathalie est une de mes protégées. Comme bien d'autres, c'est à cause d'un manque d'informations qu'elle est rendue ici. Voilà pourquoi maintenant, dès que j'en ai l'occasion, je fournis des informations aux jeunes. Des informations au sujet de ÇA! précise Marie-Cécile en extrayant de sa sacoche une boîte de condoms qu'elle jette sur la table.

Le monsieur péteur de l'autre table qui feint de regarder la télé accrochée dans un coin, a un soubresaut dénonçant son côté fouineur. Ça n'empêche pas Marie-Cécile de sortir posément un condom de sa boîte et de le déplier comme une banderole.

Dites, son jus de raisin à grand-mère, il n'aurait pas fermenté? Elle y va un peu fort, non? Je me remets à fondre sur mon siège. Bientôt, je vais ressembler à Boucle d'Or perdue sur la grande chaise du papa Our

Le faux joueur de trombone a les proéminents comme un crapaud convoi une gracile rainette sur son nénuphar, tan que Marie-Cécile coasse:

16

Stress et détresse

Après ça, je ne serais pas surprise outre mesure, si en arrivant à l'étage de grand-mère, la porte de l'ascenseur s'ouvrait sur le virus du sida en personne, grossi dix millions de fois aux rayons gamma. J'aurais dû prendre l'escalier de service, par précaution.

À tâtons, je me rajuste, secouant la bourrure déformée de ma blouse, ébouriffant mes cheveux tapés d'un côté.

La porte s'ouvre sur le 6e plancher et un jeune interne, stéthoscope au cou, m'accueille

99

avec un sourire en tranche de melon d'eau. C'est mieux que le virus du sida, mais il peut toujours s'aérer les amygdales, j'ai la tête ailleurs. Le moment est venu pour moi d'affronter Marie-Cécile et j'en ai des papillons, format chauve-souris, dans l'estomac.

Pour gagner du temps, je piétine derrière un monsieur qui longe péniblement le couloir en tenant d'une main sa jaquette fendue et de l'autre son sérum portatif.

J'ai beau pratiquer des respirations yogiques, me gonflant le ventre puis le thorax au max, je ne parviens pas vraiment à me détendre. Il le faudrait pourtant; je ne suis plus qu'à quelques pas de la chambre.

Dans un ultime élan, j'avance dans le chambranle.

À contre-jour, face à la fenêtre, grand-mère se tient debout dans sa belle robe fleurie, celle avec le fin collet de dentelle. Je la devine tourmentée, implorant intensément le ciel. Mais il est boudeur, le ciel, aujourd'hui. Gris acier comme les couvercles sur les plateaux de repas dans une étagère à roulettes le long du corridor.

Grand-mère incline la tête. De son chignon s'échappent des cheveux folets, récalcitrants à la coloration. Il y a aussi la rosette à l'arrière de sa tête qui trahit le gris.

— Je voudrais bien faire la connaissance de Nathalie. Moi aussi, je pourrais peut-être l'aider.

— Je l'ai toujours dit, tu es une fille en or! exulte grand-mère. Mais avant de retourner à la chambre de Nathalie, tu dois me présenter ton Frédéric!

Comme je prends mon air affolé, elle continue:

— T'inquiète pas, je ne veux pas lui parler de «protection». C'est votre histoire du musicien et de son violon qui me chicote. J'y croirai quand je les aurai vus tous les deux!

Je décompresse.

— Allons à l'accueil. Frédéric doit déjà m'y attendre.

On se lève, à la déception du péteur-belette qui trouvait notre roman-savon plus intéressant que celui de la télévision.

— Finies les paraboles! Il faut dire et montrer les choses comme elles sont! Bien sûr, tu en as déjà vu? qu'elle m'interroge en me braquant le préservatif sous le nez.

Plutôt incommodant. Votre grand-mère qui vous donne un cours de sexologie dans les courants d'air. Mais ça ne s'arrête pas là. Voilà que le bout de caoutchouc lubrifié lui glisse des doigts et que, n'ayant rien d'un *Slingkee*, il s'étampe sur le plancher sale.

Le monsieur loucheur a un réflexe galant, comme si Marie-Cécile venait de laisser échapper un gant. Il le ramasse prestement et le tend à grand-mère avec un sourire niais.

Décidément il faudra que j'écrive ma vie, un jour.

Marie-Cécile hésite un instant, puis saisit le truc légèrement pané avec un petit hochement de tête reconnaissant, pour l'entortiller aussitôt dans une serviette de table.

J'ai peur que ça dégénère. J'interviens:

— J'ai compris le message, Marie-Cécile. L'amour, ça se protège, comme ils disent dans les commerciaux. Après avoir vu Nathalie tout à l'heure, je ne suis pas prête de l'oublier. La vie est trop belle. Il faut la préserver, si on veut en profiter.

Grand-mère sourit. J'ajoute:

venue ici pour moi. Eh bien! tu as été chanceuse de me retrouver dans la même chambre. J'aurais pu être n'importe où dans l'hôpital. Tu vois, je fais partie d'une équipe volante, un groupe de volontaires qui réconfortent les malades. Surtout les jeunes, en ce qui me concerne. Nathalie est une de mes protégées. Comme bien d'autres, c'est à cause d'un manque d'informations qu'elle est rendue ici. Voilà pourquoi maintenant, dès que j'en ai l'occasion, je fournis des informations aux jeunes. Des informations au sujet de ÇA! précise Marie-Cécile en extrayant de sa sacoche une boîte de condoms qu'elle jette sur la table.

Le monsieur péteur de l'autre table qui feint de regarder la télé accrochée dans un coin, a un soubresaut dénonçant son côté fouineur. Ça n'empêche pas Marie-Cécile de sortir posément un condom de sa boîte et de le déplier comme une banderole.

Dites, son jus de raisin à grand-mère, il n'aurait pas fermenté? Elle y va un peu fort, non? Je me remets à fondre sur mon siège. Bientôt, je vais ressembler à Boucle d'Or perdue sur la grande chaise du papa Ours.

Le faux joueur de trombone a les yeux proéminents comme un crapaud convoitant une gracile rainette sur son nénuphar, tandis que Marie-Cécile coasse:

18

Sexologie: échantillon à l'appui

Bon, c'est bien beau, j'ai vidé mon sac à Marie-Cécile. Mais à présent, c'est moi qui veux savoir! Grand-mère, qu'est-ce qu'elle fait ici, au juste? De prime abord, je subodore (bien dit, hein?) une activité de bénévolat. Je m'aperçois vite que j'ai vu juste.

— Finalement, la pauvre Nathalie, tu ne la connais pas, déduit grand-mère. Tu es

19

La passation du violon

Entre Marie-Cécile et Frédéric, ça clique tout de suite. Ils se font du morse avec leurs cils, l'accompagnant de roucoulades.

Par exemple, Frédéric vaporise:

— Je n'ai pas eu le bonheur de connaître mes grands-parents. Je trouve Geneviève bien chanceuse.

Et Marie-Cécile gazouille en retour:

117

— Moi, j'aurais bien aimé avoir un petit-fils.

C'est pas beau? On dirait un *extrait* de *La petite maison dans la prairie*. En tout cas, Marie-Cécile est plus chaleureuse avec mes amis que mon père et ma mère. (Sans commentaire.)

Ces charmantes civilités terminées, grand-mère vise l'étui usé passé sous le bras de Frédéric.

— Comme ça, c'est un Amati que tu as là, qu'elle fait narquoisement.

— Eh oui! Je pourrai dire qu'une fois dans ma vie, j'ai eu un demi-million dans les mains! s'amuse Frédéric.

— Venez me montrer cette merveille, exhorte Marie-Cécile en nous entraînant dans un coin plus désert, ce qui n'est pas facile à dénicher dans un hôpital du centre-ville, à moins de porter une pancarte avec la mention «CONTAGIEUX» au néon.

Tout de même, on parvient à repérer un coin propice et Frédéric fait sauter les attaches ternies de l'étui. Aussitôt, Marie-Cécile perd sa belle assurance. Le violon est là, enrichi par la pauvreté de l'étui. Fini lustré, bois cuivré, courbes raffinées, ligne racée. C'est noble un violon. Poétique, aristocratique. Plein de promesses. On croit l'entendre rien qu'à le regarder. Ça émeut. Et, croyez-moi, grand-mère est drôlement émue, surtout à la vue des petites lettres en fions au fond de l'instrument.

— A-MA-TI, qu'elle récite sous hypnose.

Puis elle ose. Respectueusement, du bout des phalangettes, elle effleure les cordes, remonte la crosse fignolée, en articulant, la lèvre tremblotante:

— I n c r o y a b l e...

M'est avis qu'on vient de lui sauver un pèlerinage à Notre-Dame-du-Cap. Bref, elle est un peu beaucoup extasiée.

Au bout du compte, elle pousse un gros soupir, avale sa salive et quand elle reprend son débit normal, c'est pour ordonner:

— Il faut tout de suite le remettre à son propriétaire! Un violon de cette valeur, on ne le transporte pas comme ça à travers la ville!

— C'est ce que je me tue à dire à Geneviève, convient Frédéric. J'ai drôlement hâte de le remettre à M. Richard.

— M. Richard? M. Édouard Richard, le célèbre violoniste qui selon vous jouerait au clochard? J'avais du mal à y croire, mais à présent, je m'attends à tout. Montons au 6e!

Et là grand-mère nous prouve qu'elle n'est pas à la veille d'être rhumatisante. Alléguant qu'il faut éviter toute promiscuité avec un Amati sous le bras, elle nous entraîne dans l'escalier de service dont elle grimpe les marches quatre à quatre. Je vous le répète, il n'y a plus de grands-mères!

En un rien de temps, on franchit la porte de la chambre 611. Édouard Richard repose dans son lit, la tête enrubannée, le visage contusionné, une jambe suspendue. À part ça, il n'est pas comateux puisque ses yeux sont grand ouverts et fixent une fissure au plafond. L'arrivée de notre trio le tire de cette contemplation désœuvrée.

— Monsieur Richard? s'enquiert timidement grand-mère en s'approchant du gisant comme d'un voyant.

— Oui, qu'il répond sans plus, la lèvre fendue.

Mais c'est suffisant. Marie-Cécile est complètement soufflée, tout à fait à court d'idée, les jambes fauchées. Alors je lui prends le micro.

— Je m'appelle Geneviève. Voici ma grand-mère Marie-Cécile et mon ami Frédéric. On vous rapporte votre violon.

La simplicité a bien meilleur goût. J'obtiens une réaction instantanée. Même super courbaturé, Édouard Richard lève la tête et s'appuie sur ses avant-bras, tandis que je pose l'étui sur ses draps. Fiévreusement, il ouvre la boîte, dévore l'instrument des yeux, puis rompu par l'effort, retombe dans son lit, en serrant l'étui contre lui comme un enfant prodigue.

— Dieu soit loué! qu'il exhale. Il est intact! Intact comme mes mains et mes doigts! Intacts! Dieu soit loué!

Il m'a l'air plutôt content. Frédéric et moi, on se sent comme deux petits anges délégués par la Providence. Mission accomplie. Reçus pour l'auréole.

— Je ne sais pas comment vous remercier! déclare Édouard Richard.

— C'était la seule chose à faire, voyons, assure grand-mère qui se mêle tout à coup de jouer les équipières à part entière.

— Vous vous demandez sans doute comment ça se fait qu'on a votre violon? que je balance, plus à pic.

Notre musicien-clochard-accidenté fait des bulles. Voyant son embarras, Marie-Cécile la samaritaine fait des siennes.

— Voyons, les enfants, vous voyez bien que M. Richard est fatigué.

— Monsieur RICHARD? interroge une voix caverneuse.

On pivote tous comme des girouettes, pour voir un agent de police corpulent qui obstrue le cadre de porte. Brandissant un formulaire, il s'avance.

121

— Vous allez peut-être pouvoir m'aider à compléter ce rapport pour délit de vagabondage.

Eh bien! les petits copains, c'est le temps de voir comment Édouard Richard fait face à la musique!

20

Sortez vos papiers!

Le lendemain d'un accident, c'est pas le meilleur temps pour dicter son autobiographie. Quand tu as la face tuméfiée, les lèvres boursouflées, des côtes fêlées et une jambe plâtrée, tu ne te sens pas précisément d'attaque pour être interviewé par Mme Denise Bombardier.

Même si l'agent Denis Boulet n'a pas la trempe de cette dernière, il tient quand même mordicus à remplir en bonne et due forme son formulaire. La plupart des cases

123

sont vides puisqu'après l'accident, aucune pièce d'identité n'a été retrouvée sur Édouard Richard. C'est en vain qu'on a fouillé ses nippes de clochard sentant la boisson. Par ailleurs, de par son allure et ses agissements, des témoins l'ont bien perçu comme un vagabond. Un type a affirmé l'avoir vu recevoir de l'argent pour un petit air joué sur le bord d'un trottoir, entre deux gorgées d'alcool en compagnie d'un compère.

— Alors votre nom, c'est Richard... répète le policier en se plaçant du côté du lit faisant face à notre rang d'oignons, à Marie-Cécile, Frédéric et moi.

D'autorité, il lève un pan de l'étui aux attaches non scellées. Il miaule en apercevant le violon étincelant.

— Maowrr! ... Sacré bel instrument pour un itinérant!

— C'est un Amati! lui notifie grand-mère pour valoriser son propriétaire, ce qui a malheureusement l'effet contraire.

— Vous m'en direz tant! On est loin de l'harmonica, hein?

Je sais bien qu'Édouard Richard est trop mal-en-point pour faire un dessin, mais je crois qu'il est quand même temps pour lui d'annoncer ses couleurs.

Il en vient aussi à cette conclusion car, se tenant péniblement sur un coude, il

...n sort pas cette
..., 8088, de
... Ce que dit
...he dernier,
... Place des

...licier en
... de son
...me un

... dai...
... ho...
... ontr...
... euseme...
...s musicien...
... clochard qu...
...ppose que vous
... quand vous avez
...ue vous ne soyez en
...entres d'hébergement?
...ard est plus fatigué

...ire
...ns
...

...la peine de vérifier mes
...il se contente de dire.
...qu'on va les vérifier, plutôt deux
...ie!

...! nous trois, on est là comme parure
...uoi? On ressemble aux bibelots de
...ence qui représentent les trois singes, un
...qui n'entend rien, un qui ne voit rien et un
qui ne dit rien. Je me secoue.

— C'est vrai ce qu'il dit. Grand-mère et
moi, on a vu M. Richard en récital à la Place
des Arts dimanche dernier.

À notre tour, on sent le regard
soupçonneux du policier.

Grand-mère réagit. De sa sacoche, elle
sort ses cartes d'identité (heureusement

125

oîte de condoms n'e

Marie-Cécile Plamondo
e, Montréal, qu'elle déclin
petite-fille est vrai. Dimano
Richard a donné un concert à l
ts.

— La cavalerie… rouspète le p
passant sa large main du haut en ba
visage qu'il a sombre et râpeux, com
gangster américain.

Il apostrophe Frédéric:

— Et toi?!

— Heu… moi, tout ce que je peux
c'est que j'ai vu la photo de M. Richard da
une revue officielle de la Place des Art
C'est vrai, il est musicien.

L'agent clappe de la langue et fait
craquer ses jointures.

— On va vérifier tout ça. De toute façon,
vous ne bougerez pas d'ici avant un certain
temps.

Et il quitte la pièce en dodelinant de la
tête et en marmonnant comme quoi, lui, les
artistes, hein, il les a loin; tous des
hurluberlus qui feraient n'importe quoi pour
se faire remarquer.

Édouard Richard geint en touchant sa
jambe en traction. Il ne fera sûrement pas le
marathon de Montréal, la semaine prochaine!

Il souffre, mais en se h
lit et en serrant son vio
adresse un faible sourire.

— Je vous remercie. S
l'aurait certainement confisq

Un nouveau froissement
l'interrompt. Une infirmière entre
avec un petit contenant.

— L'heure du calmant! qu'elle clai

Les traits crispés d'Édouard Richar
relâchent.

— Dieu merci, je commençais à ne plus
m'endurer!

Il gobe le comprimé avec l'avidité d'un
orang-outan pour une cacahuète. La
perspective du soulagement l'apaise.

— Ahhhhhhhh! qu'il expire. Je ne croyais
pas être capable de vous raconter mon histoire, mais dans quelques instants, je le pourrai
peut-être. Vous le méritez après votre aimable
intervention auprès du policier et après
m'avoir rapporté mon inestimable violon!

Sans couper les cheveux en quatre, je
devance ses bonnes intentions:

— Pourquoi vous habillez-vous en clochard pour jouer du violon dans les rues?
Frédéric et moi, on vous a suivi et on a tout
vu.

— Des espions en herbe... qu'il insinue,
confus. Vous devez me trouver excentrique.

pas tort. Allons, je
 riosité.

 nal, il se dresse sur son
 un petit coup de manette
 la tête de son lit. Marie-
 presse de répondre à cette
 vec la même ardeur que le
 en d'Henry Ford, en 1903, lors du
 age de la première auto à manivelle.
 euf-teuf», toussote Édouard Richard.
Et il embraye.

21

Sortez vos mouchoirs!

—**J**e ne veux pas, comme on dit, «sortir les violons», en vous racontant mes tristes débuts, mais il m'est difficile de ne pas commencer par là, déclare M. Richard en s'adossant:

«J'avais cinq ans lorsque mon père est mort. C'était la crise. Ma mère et moi habitions un immeuble voué à la démolition dans un quartier pauvre. Au cours d'un hiver, un dénommé Arthur Goyette, venu de la campagne pour tenter sa chance à

«Le prin[...]
arrière, entre l[...]
linge qu'Arthu[...]
Chômeurs et loque[...]
Les chats de gouttiè[...]
à traîner la queue quan[...]
sur le sol terreux.
«Arthur Goyette ne se [...]
chauffer son violon. Il me fa[...]
suivais comme un chien de [...]
l'amusait. Voyant mon engou[...]
commença à m'enseigner quelques a[...]
à temps perdu, la semaine. Il s'aperçu[...]
j'apprenais étonnamment vite. J'étais [...]
naturel, un instinctif. Bientôt, je le fascinai à [...]
mon tour.
«Il m'entreprit alors sérieusement, [...]
ses placards des boîtes de carton [...]
[...]illes de musique. De la [...]
[...] à voir avec les [...]
[...]ssiques. Et

... en solitaire dans l'apparte-
... du théâtre. Le dimanche, sa
...straction consistait à s'enfermer
... logis pour jouer du violon, la
... temps des reels de veillée.

... jour qu'il entendait des bruits sourds
...porte, il ouvrit pour s'apercevoir qu...
...art des locataires tapaient du pi...
...uissaient des rigodons dans...
...scalier.

... constatant que sa...
dérange... personne
— il se mit à jou...
plaisir de tous...
aubaine pour des...
pas se payer d'autr...
radio.

«Il devint la coquelu...
Tous les dimanches, il fai...
cette expression. Le cordon...
les marches d'escalier craqua...
gues improvisées. Même Mme...
la Marie du deuxième, qui se p...
toujours du bruit et passait son ten...
donner des coups de balai aux murs de...
voisin, ouvrait maintenant sa porte. L...
dimanche étant la journée de son until de
légumes, tout l'immeuble sentait le chou et
le navet. Ça donnait un ton d'autant rural à
la fête.

«Sans un mot, les gens se sont assis dans les marches d'escalier et sur les rampes des perrons et ils l'ont écouté avec ferveur.

«La cour avec ses poubelles entassées, ses clôtures édentées et ses lilas échevelés devint belle, immortelle. C'est le plus beau souvenir de mon enfance.»

Édouard Richard fait une pause. Une minute commémorative, le regard brumeux. Puis il humecte ses lèvres craquelées et poursuit, plus bas:

— Un soir, Arthur Goyette s'endormit sur son divan, une cigarette à la main, son violon tout à côté sur la table du salon. Vous devinez la suite. Heureusement, la fumée fut détectée tôt. Mais Arthur Goyette n'y échappa pas.

«J'étais prostré.

«Le lendemain, ce fut plus fort que moi, je me glissai dans l'appartement sinistré avant les autorités et je m'appropriai le violon à demi calciné. Je pris aussi l'étui, moins endommagé, dans la chambre à coucher. J'avais le sentiment qu'ils me revenaient en héritage.

«Les jours suivants, je parcourus les journaux en quête d'un professeur de violon. Je voulais continuer à apprendre. Je sentais que je le devais. Ma mère répétait qu'il fallait développer ses talents. Elle n'avait

«Le printemps venu, c'est dans la cour arrière, entre les hangars gris et les cordes à linge qu'Arthur Goyette s'émoustillait. Chômeurs et loqueteux affluaient des ruelles. Les chats de gouttière n'avaient pas intérêt à traîner la queue quand les talons piaffaient sur le sol terreux.

«Arthur Goyette ne se lassait pas de chauffer son violon. Il me fascinait. Je le suivais comme un chien de poche. Ça l'amusait. Voyant mon engouement, il commença à m'enseigner quelques accords à temps perdu, la semaine. Il s'aperçut que j'apprenais étonnamment vite. J'étais un naturel, un instinctif. Bientôt, je le fascinai à mon tour.

«Il m'entreprit alors sérieusement, sortant de ses placards des boîtes de carton remplies de feuilles de musique. De la musique qui n'avait rien à voir avec les danses carrées. Des grands classiques. Et alors, doucement, Arthur Goyette se remit à les jouer en me les faisant pratiquer. Quelle chance pour moi!

«Un dimanche que le voisinage s'était rassemblé dans la cour pour les reels habituels, Arthur Goyette surprit tout le monde en interprétant un air triste et vibrant. Quelques fleurs de son jardin intérieur.

l'usine, s'installa en solitaire dans l'appartement à côté du nôtre. Le dimanche, sa principale distraction consistait à s'enfermer dans son logis pour jouer du violon, la plupart du temps des *reels* de veillée.

«Un jour qu'il entendait des bruits sourds à sa porte, il ouvrit pour s'apercevoir que la plupart des locataires tapaient du pied et esquissaient des rigodons dans la cage d'escalier.

«Constatant que ses prestations ne dérangeaient personne — bien au contraire — il se mit à jouer sur le palier pour le plaisir de tous. Ce spectacle était une aubaine pour des gens qui ne pouvaient pas se payer d'autre divertissement que la radio.

«Il devint la coqueluche de la bâtisse. Tous les dimanches, il faisait un malheur, selon l'expression. Le couloir de l'étage et les marches d'escalier craquaient sous les gigues improvisées. Même Mme Lassonde, la chipie du deuxième, qui se plaignait toujours du bruit et passait son temps à donner des coups de balai aux murs de ses voisins, ouvrait maintenant sa porte. Le dimanche étant la journée de son bouilli de légumes, tout l'immeuble sentait le chou et le navet. Ça donnait un ton d'autant rural à la fête.

130

21

Sortez vos mouchoirs!

— **J**e ne veux pas, comme on dit, «sortir les violons», en vous racontant mes tristes débuts, mais il m'est difficile de ne pas commencer par là, déclare M. Richard en s'adossant:

«J'avais cinq ans lorsque mon père est mort. C'était la crise. Ma mère et moi habitions un immeuble voué à la démolition dans un quartier pauvre. Au cours d'un hiver, un dénommé Arthur Goyette, venu de la campagne pour tenter sa chance à

extirpe des papiers glissés dans l'étui, derrière l'étiquette portant son adresse. Il les tend à l'agent en se nommant:

— Édouard Richard. Membre d'honneur de l'Orchestre Symphonique de Montréal.

Le policier le regarde suspicieusement.

— Moi, je suis l'aumônier des musiciens, l'abbé Mol, qu'il fronde. Un clochard qui donne des concerts! Je suppose que vous reveniez d'un bal masqué quand vous avez été frappé? À moins que vous ne soyez en grande tournée des centres d'hébergement?

Édouard Richard est plus fatigué qu'exaspéré.

— Prenez la peine de vérifier mes papiers... qu'il se contente de dire.

— Sûr qu'on va les vérifier, plutôt deux fois qu'une!

Bon! nous trois, on est là comme parure ou quoi? On ressemble aux bibelots de faïence qui représentent les trois singes, un qui n'entend rien, un qui ne voit rien et un qui ne dit rien. Je me secoue.

— C'est vrai ce qu'il dit. Grand-mère et moi, on a vu M. Richard en récital à la Place des Arts dimanche dernier.

À notre tour, on sent le regard soupçonneux du policier.

Grand-mère réagit. De sa sacoche, elle sort ses cartes d'identité (heureusement qu'une boîte de condoms n'en sort pas cette fois!).

— Marie-Cécile Plamondon, 8088, de Gaspé, Montréal, qu'elle décline. Ce que dit ma petite-fille est vrai. Dimanche dernier, M. Richard a donné un concert à la Place des Arts.

— La cavalerie... rouspète le policier en passant sa large main du haut en bas de son visage qu'il a sombre et râpeux, comme un gangster américain.

Il apostrophe Frédéric:

— Et toi?!

— Heu... moi, tout ce que je peux dire c'est que j'ai vu la photo de M. Richard dans une revue officielle de la Place des Arts. C'est vrai, il est musicien.

L'agent clappe de la langue et fait craquer ses jointures.

— On va vérifier tout ça. De toute façon, vous ne bougerez pas d'ici avant un certain temps.

Et il quitte la pièce en dodelinant de la tête et en marmonnant comme quoi, lui, les artistes, hein, il les a loin; tous des hurluberlus qui feraient n'importe quoi pour se faire remarquer.

Édouard Richard geint en touchant sa jambe en traction. Il ne fera sûrement pas le marathon de Montréal, la semaine prochaine!

126

Il souffre, mais en se hissant un brin dans son lit et en serrant son violon contre lui, il nous adresse un faible sourire.

— Je vous remercie. Sans vous, il me l'aurait certainement confisqué.

Un nouveau froissement d'uniforme l'interrompt. Une infirmière entre cette fois avec un petit contenant.

— L'heure du calmant! qu'elle claironne.

Les traits crispés d'Édouard Richard se relâchent.

— Dieu merci, je commençais à ne plus m'endurer!

Il gobe le comprimé avec l'avidité d'un orang-outan pour une cacahuète. La perspective du soulagement l'apaise.

— Ahhhhhhhh! qu'il expire. Je ne croyais pas être capable de vous raconter mon histoire, mais dans quelques instants, je le pourrai peut-être. Vous le méritez après votre aimable intervention auprès du policier et après m'avoir rapporté mon inestimable violon!

Sans couper les cheveux en quatre, je devance ses bonnes intentions:

— Pourquoi vous habillez-vous en clochard pour jouer du violon dans les rues? Frédéric et moi, on vous a suivi et on a tout vu.

— Des espions en herbe... qu'il insinue, confus. Vous devez me trouver excentrique.

Vous n'avez peut-être pas tort. Allons, je vais satisfaire votre curiosité.

Tant bien que mal, il se dresse sur son séant, sollicitant un petit coup de manette pour remonter la tête de son lit. Marie-Cécile s'empresse de répondre à cette requête avec la même ardeur que le mécanicien d'Henry Ford, en 1903, lors du démarrage de la première auto à manivelle.

«Teuf-teuf», toussote Édouard Richard.

Et il embraye.

sont vides puisqu'après l'accident, aucune pièce d'identité n'a été retrouvée sur Édouard Richard. C'est en vain qu'on a fouillé ses nippes de clochard sentant la boisson. Par ailleurs, de par son allure et ses agissements, des témoins l'ont bien perçu comme un vagabond. Un type a affirmé l'avoir vu recevoir de l'argent pour un petit air joué sur le bord d'un trottoir, entre deux gorgées d'alcool en compagnie d'un compère.

— Alors votre nom, c'est Richard... répète le policier en se plaçant du côté du lit faisant face à notre rang d'oignons, à Marie-Cécile, Frédéric et moi.

D'autorité, il lève un pan de l'étui aux attaches non scellées. Il miaule en apercevant le violon étincelant.

— Maowrr! ... Sacré bel instrument pour un itinérant!

— C'est un Amati! lui notifie grand-mère pour valoriser son propriétaire, ce qui a malheureusement l'effet contraire.

— Vous m'en direz tant! On est loin de l'harmonica, hein?

Je sais bien qu'Édouard Richard est trop mal-en-point pour faire un dessin, mais je crois qu'il est quand même temps pour lui d'annoncer ses couleurs.

Il en vient aussi à cette conclusion car, se tenant péniblement sur un coude, il

20

Sortez vos papiers!

Le lendemain d'un accident, c'est pas le meilleur temps pour dicter son autobiographie. Quand tu as la face tuméfiée, les lèvres boursouflées, des côtes fêlées et une jambe plâtrée, tu ne te sens pas précisément d'attaque pour être interviewé par Mme Denise Bombardier.

Même si l'agent Denis Boulet n'a pas la trempe de cette dernière, il tient quand même mordicus à remplir en bonne et due forme son formulaire. La plupart des cases

— Vous allez peut-être pouvoir m'aider à compléter ce rapport pour délit de vagabondage.

Eh bien! les petits copains, c'est le temps de voir comment Édouard Richard fait face à la musique!

ment, il ouvre la boîte, dévore l'instrument des yeux, puis rompu par l'effort, retombe dans son lit, en serrant l'étui contre lui comme un enfant prodigue.

— Dieu soit loué! qu'il exhale. Il est intact! Intact comme mes mains et mes doigts! Intacts! Dieu soit loué!

Il m'a l'air plutôt content. Frédéric et moi, on se sent comme deux petits anges délégués par la Providence. Mission accomplie. Reçus pour l'auréole.

— Je ne sais pas comment vous remercier! déclare Édouard Richard.

— C'était la seule chose à faire, voyons, assure grand-mère qui se mêle tout à coup de jouer les équipières à part entière.

— Vous vous demandez sans doute comment ça se fait qu'on a votre violon? que je balance, plus à pic.

Notre musicien-clochard-accidenté fait des bulles. Voyant son embarras, Marie-Cécile la samaritaine fait des siennes.

— Voyons, les enfants, vous voyez bien que M. Richard est fatigué.

— Monsieur RICHARD? interroge une voix caverneuse.

On pivote tous comme des girouettes, pour voir un agent de police corpulent qui obstrue le cadre de porte. Brandissant un formulaire, il s'avance.

avec un Amati sous le bras, elle nous entraîne dans l'escalier de service dont elle grimpe les marches quatre à quatre. Je vous le répète, il n'y a plus de grands-mères!

En un rien de temps, on franchit la porte de la chambre 611. Édouard Richard repose dans son lit, la tête enrubannée, le visage contusionné, une jambe suspendue. À part ça, il n'est pas comateux puisque ses yeux sont grand ouverts et fixent une fissure au plafond. L'arrivée de notre trio le tire de cette contemplation désœuvrée.

— Monsieur Richard? s'enquiert timidement grand-mère en s'approchant du gisant comme d'un voyant.

— Oui, qu'il répond sans plus, la lèvre fendue.

Mais c'est suffisant. Marie-Cécile est complètement soufflée, tout à fait à court d'idée, les jambes fauchées. Alors je lui prends le micro.

— Je m'appelle Geneviève. Voici ma grand-mère Marie-Cécile et mon ami Frédéric. On vous rapporte votre violon.

La simplicité a bien meilleur goût. J'obtiens une réaction instantanée. Même super courbaturé, Édouard Richard lève la tête et s'appuie sur ses avant-bras, tandis que je pose l'étui sur ses draps. Fiévreuse-

grand-mère est drôlement émue, surtout à la vue des petites lettres en fions au fond de l'instrument.

— A-MA-TI, qu'elle récite sous hypnose.

Puis elle ose. Respectueusement, du bout des phalangettes, elle effleure les cordes, remonte la crosse fignolée, en articulant, la lèvre tremblotante:

— I n c r o y a b l e...

M'est avis qu'on vient de lui sauver un pèlerinage à Notre-Dame-du-Cap. Bref, elle est un peu beaucoup extasiée.

Au bout du compte, elle pousse un gros soupir, avale sa salive et quand elle reprend son débit normal, c'est pour ordonner:

— Il faut tout de suite le remettre à son propriétaire! Un violon de cette valeur, on ne le transporte pas comme ça à travers la ville!

— C'est ce que je me tue à dire à Geneviève, convient Frédéric. J'ai drôlement hâte de le remettre à M. Richard.

— M. Richard? M. Édouard Richard, le célèbre violoniste qui selon vous jouerait au clochard? J'avais du mal à y croire, mais à présent, je m'attends à tout. Montons au 6e!

Et là grand-mère nous prouve qu'elle n'est pas à la veille d'être rhumatisante. Alléguant qu'il faut éviter toute promiscuité

— Moi, j'aurais bien aimé avoir un petit-fils.

C'est pas beau? On dirait un extrait de *La petite maison dans la prairie*. En tout cas, Marie-Cécile est plus chaleureuse avec mes amis que mon père et ma mère. (Sans commentaire.)

Ces charmantes civilités terminées, grand-mère vise l'étui usé passé sous le bras de Frédéric.

— Comme ça, c'est un Amati que tu as là, qu'elle fait narquoisement.

— Eh oui! Je pourrai dire qu'une fois dans ma vie, j'ai eu un demi-million dans les mains! s'amuse Frédéric.

— Venez me montrer cette merveille, exhorte Marie-Cécile en nous entraînant dans un coin plus désert, ce qui n'est pas facile à dénicher dans un hôpital du centre-ville, à moins de porter une pancarte avec la mention «CONTAGIEUX» au néon.

Tout de même, on parvient à repérer un coin propice et Frédéric fait sauter les attaches ternies de l'étui. Aussitôt, Marie-Cécile perd sa belle assurance. Le violon est là, enrichi par la pauvreté de l'étui. Fini lustré, bois cuivré, courbes raffinées, ligne racée. C'est noble un violon. Poétique, aristocratique. Plein de promesses. On croit l'entendre rien qu'à le regarder. Ça émeut. Et, croyez-moi,

118

19

La passation du violon

Entre Marie-Cécile et Frédéric, ça clique tout de suite. Ils se font du morse avec leurs cils, l'accompagnant de roucoulades.

Par exemple, Frédéric vaporise:

— Je n'ai pas eu le bonheur de connaître mes grands-parents. Je trouve Geneviève bien chanceuse.

Et Marie-Cécile gazouille en retour:

pas les moyens de me payer des leçons, mais j'étais prêt à travailler autant qu'il le fallait.

«Je me présentai chez un certain Gustave Rondeau, professeur agrégé. Quand il vit le violon noirci dans son étui, il sourcilla. "Comment comptes-tu jouer avec ça, petit?" Devant mon mutisme, il leva les yeux au ciel et me tendit un autre violon. «Montre!»

«Je mis tout mon cœur pour interpréter un morceau. À la fin, M. Rondeau me considéra longuement, puis me pria de revenir. C'était gagné!

«À partir de là, tout alla très vite et dans le meilleur des mondes, comme si ma destinée s'était aiguillée dans le bon sens pour de bon. J'avais un don. M. Rondeau l'étoffa. Il connaissait les gens influents du milieu musical et je ne tardai pas à me produire devant des auditoires importants. Je gagnai des concours prestigieux qui me propulsèrent rapidement sur la scène internationale. Voyages captivants. Concerts grandioses. Rencontres de personnalités. Bref, une carrière fulgurante allant jusqu'à mériter un Amati!

«Et pourtant au fur et à mesure que j'atteignais la renommée, une profonde nostalgie descendait en moi. Quelque chose se mourait, telle une flamme. Je jouais sans âme.

«Un soir, particulièrement désemparé, alors que je m'attardais sur le balcon d'une demeure où j'étais invité, je vis non loin dans un parc des clochards sur un banc. J'éprouvai le besoin de les rejoindre. Je descendis avec mon violon et, dès que je fus près d'eux, sous les arbres, je me sentis mieux. Une vague chaude m'enveloppa. Une vague de paix. Parmi ces gens, je renouai avec mon passé. Mes premières joies, mes premières peines refirent surface. Ce soir-là, je jouai comme je ne l'avais pas fait depuis longtemps.

«Depuis, dès que je le peux, je joue pour les moins fortunés. C'est en eux que je puise mon inspiration. Ils sont ma muse, mon feu sacré. Ils ressuscitent mon âme et ma motivation. J'aime être près d'eux.

«Au cours des prochains mois, je donnerai une série de concerts au bénéfice des déshérités. Avec mon violon, je compte financer la construction d'un accueil pour eux.»

Édouard Richard termine, épuisé:

— Voilà, c'est mon histoire, un vieux conte de fée démodé.

Ah! ça, c'est pas du Stephen King, que j'ai envie de lui répliquer, mais Frédéric met son grain de poivre:

— C'est la même histoire que Rocky Balboa dans ROCKY IV.

On le regarde tous comme s'il venait de roter dans un haut-parleur.

— Ben oui, quoi, qu'il justifie, Rocky avait gagné tous ses combats de boxe. Il était devenu riche et célèbre. Il vivait dans le luxe et faisait du lard sur ses lauriers. C'est seulement lorsqu'un nouveau défi lui a été proposé qu'il l'a réalisé. Alors il s'est remis à l'entraînement comme au début dans son quartier défavorisé du Bronx, avec les moyens du bord et pas avec des appareils sophistiqués comme ceux de son adversaire russe. C'est de cette façon qu'il a perdu sa grosse tête, et qu'il a retrouvé le goût de se battre. Vous voyez bien, c'est pareil au film de Rocky!

— Heu... il y a certaines similitudes, hésite Édouard Richard.

— J'ai la cassette, si vous voulez la voir, insiste Frédéric.

Mais sur le point de tourner de l'œil, le poids léger alité laisse tomber:

— Pas la peine, mon garçon, je suis déjà K.O.

22

La BD de l'amour

Ça fait quinze jours qu'Édouard Richard a réintégré son domicile et ça fait deux semaines que Marie-Cécile la bénévole fait la navette entre les chambres d'hôpital de ses protégés et le logis du musicien éclopé.

«Un pauvre homme avec une jambe dans le plâtre…», qu'elle invoque.

En réalité, elle en pince sérieusement pour Édouard Richard. Bien évident. Même sa chatte, Double-Croche, s'en est aperçue.

Les premiers temps, elle la boudait, lui passant devant, le museau haut et la queue en clé de sol. Mais ça n'a pas traîné que grand-mère lui a fait faire patte de velours, comme à son propriétaire d'ailleurs, première victime de ses charmes renouvelés.

Ils se mitonnent des petits soupers gourmands avec musique de chambre en sourdine. Avoir son propre violoniste à sa table, c'est pas rien. Au début, Marie-Cécile m'a demandé de chaperonner, mais maintenant, *finito*, *goodbye*, *adios*, je ne suis plus invitée. Même qu'elle m'a donné la balance des billets de concert de la saison à la PDA pour que je m'y rende avec Frédéric.

«Ça vous fera des sorties intéressantes», qu'elle a prédit.

Bof!

Cela dit, Frédéric et moi, on file aussi la parfaite harmonie. Hier, on s'est baladé dans le «Vieux». On a fait faire nos caricatures. Je me suis retrouvée avec les oreilles de Bimbo et Frédéric avec le nez de Pluto. Il a bien ri. Moi, pas trop.

— On a passé l'âge des *cartoons,* que j'ai critiqué.

— Tu crois? La vie est une bande dessinée, m'a rétorqué Frédéric.

— Quand même, faut pas exagérer.

Frédéric m'a zieutée de côté.

— Attends de voir ta grand-mère et son vagabond de musicien en train de jouer du violon sur la Place Jacques-Cartier. Tu me diras ensuite si ça ne te fait pas songer à une reprise de «La Belle et le Clochard»!

Là-dessus, il a pouffé en précisant que grand-mère ne manquait pas de chien.

En y regardant bien, je me suis dit: c'est vrai, il a un peu le pif de Pluto, le Freddie. Et surtout la grande gueule de Donald Duck! Mais quand il m'embrasse, c'est vrai que je me retrouve à Disneyland et ça, c'est fantastique!

Table des matières

CLAIRE
DAIGNAULT

Claire Daignault fait vraiment une double vie.

Le jour, elle écrit des choses sérieuses à mort dans un bureau de fonctionnaire et, le soir, elle invente des histoires bizarres remplies de mystère.

C'est pas tout. Le matin, elle mange du yogourt nature, du pain brun et des céréales multigrains. Le soir, elle ingurgite des poutines, des éclairs au chocolat et des crottes de fromage.

Son rêve, c'est d'avoir neuf vies comme les chats parce que, finalement, ça lui en ferait dix-huit. Minimum!